LE SORT

DES FEMMES,

O U

L'INFORTUNÉE

ÉNIZE.

(Nouvelle Apologie du beau sexe.)

Blanchard Sc .

*Elle crut obliger l'Amante que de s'assurer a
vant tout, de la situation de l'Amant .*

LE SORT

DES FEMMES,

OU

L'INFORTUNÉE

ÉNIZE.

(NOUVELLE APOLOGIE DU BEAU SEXE.)

Les plus forts ont fait la loi.
FIGARO.

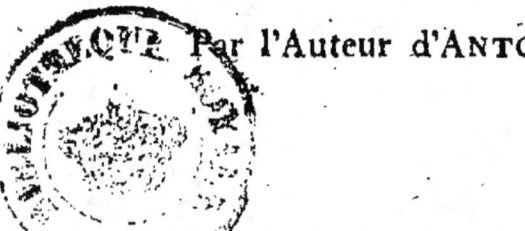

Par l'Auteur d'ANTONIO.

A PARIS,

Chez FAVRE, Libraire, Palais Egalité,
galeries de bois, n.º 220.

AN VI. — 1797. *v. st.*

On trouve chez le même Libraire
ANTONIO, ou *les Tourmens de
l'Amour* , in-8.^b et in-12, papier
fin, belle édition.

LE SORT

DES FEMMES,

OU

L'INFORTUNÉE

ÉNIZE.

Nouvelle Apologie du beau sexe.

CE n'est pas d'aujourd'hui que
datent la tyrannie et l'oppression
des hommes à l'égard de la portion
la plus intéressante de l'espèce humaine, et cette tyrannie a jeté de

I

si profondes racines qu'elle est de-
venue à l'épreuve du temps et des
révolutions. En 1785, dans la
basse Auvergne, quelques jeunes
gens que la fougue de cette passion
qu'on appelle amour rendaient
encore les très-humbles adorateurs
de ce sexe dont les charmes, quoi
qu'on en dise, apprivoisent tôt ou
tard, au moins pour quelques instans, les cœurs les plus féroces,
non contens de ramener les choses
à leur état primitif, c'est-à-dire,
à cette douce égalité qui doit régner
entre l'homme et la femme, vou-
lurent donner la supériorité à celle-
ci, et lui céder les rênes d'un gouvernement dont les hommes ont si
souvent abusé.

La jeunesse de ce canton se réunissait presque tous les jours en petit comité ; et là, on traitait la grande question de savoir à qui de l'homme ou de la femme appartenait l'empire du monde. On doit bien penser que les amans dispensaient leurs belles de plaider elles-mêmes leur cause. La modestie ou la générosité leur faisait au contraire rejeter souvent des prérogatives qu'elles n'auraient peut-être pas voulu céder, si elles leur eussent été disputées.

Parmi ces aimables et sensibles amans, on distinguait le jeune *Florimène*, épris depuis six mois des charmes de la blonde *Enize*, qui, sans être bien belle, possé-

dait un de ces petits minois qui
entraînent le cœur sans qu'on s'en
puisse donner la raison. Enize
avait à peine quatorze ans, Florimène en avait dix-huit. Ce jeune
homme à peine sorti des bancs du
collège, avait la tête pleine des
lectures qu'il avait faites, et des
préceptes qu'il avait reçus; lectures
et préceptes que l'expérience ne lui
avait pas encore permis de passer
au creuset du bon goût et de la
saine raison. Lorsque son tour de
parler arriva, après avoir puisé
ses forces et son enthousiasme dans
les beaux yeux bleus de la tendre
Enize, il s'exprima ainsi :

« ENTREPRENDRE l'éloge d'un

sexe aimable et qui a tout pour
lui, c'est peut-être blesser sa délicatesse; les excellentes prérogatives
dont la nature l'a doué parlent
assez en sa faveur, et sont un sûr
garant du triomphe qu'il doit toujours remporter sur les hommes,
en dépit d'eux et de leurs préjugés :
cependant, qui le croirait ! la présomption des hommes sur leur
prétendue supériorité est montée
à un tel point de sottise qu'elle
n'est plus tolérable. Si l'on excepte
un petit nombre de gens sensés,
les femmes ne sont plus que le
jouet de ces espèces de misan-
thropes ; les auteurs décochent
contre elles les traits de satyre les
plus envenimés ; les prétendus

beaux esprits ne se distinguent, dans la société, qu'en leur lançant les sarcasmes les plus outrageans; les grossiers et les rustres affectent pour elles un froid mépris; les petits maîtres s'en rient entr'eux et les dédaignent presqu'en public, et si quelques-uns, par ton ou pour venir à leur but, étalent quelquefois une complaisance hypocrite, ce n'est que pour mieux les déchirer ensuite ou les déshonorer; enfin, une autre espèce de gens que je serais fâché de nommer, ne veut pas même en entendre parler.

Je voudrais bien demander à ces anti-femmes s'ils pensent et ont toujours pensé de même : tel fait

valoir son esprit aux dépens d'une
jolie femme, qui se croirait, sans
doute, bien honoré d'en porter les
chaînes et de se jeter à ses pieds.
Mais telle est la folie de cette partie
de l'espèce humaine; vieille folie
qui a pris de bien profondes racines, et qu'il sera difficile de
détruire, ainsi que tant d'autres.
On dit que l'entêtement est le
partage des femmes; pour moi,
je crois que, tout bien considéré,
les hommes en ont leur bonne part.
Si je ne puis les ramener à leur
devoir, au cercle que la nature
leur avait prescrit, et dont ils
n'auraient pas dû sortir, je vais
montrer du moins qu'il est des
hommes qui ne pensent pas de

même ; je chercherai , avec la franchise la plus impartiale , d'où dérive la source de cette prééminence sur les femmes , que s'arrogent sans droit et sans raison ces hommes présomptueux.

On convient , et l'expérience ne le démontre que trop quelquefois pour le malheur des femmes , que les hommes sont plus forts qu'elles; d'où il suit qu'ils sont plus matériels et les femmes plus spirituelles : aussi , a-t-on généralement remarqué , et je le démontrerai dans la suite , que les femmes posséderaient beaucoup plus de talens que les hommes , si elles étaient également cultivées. Ces derniers le sentent bien , et ils n'ont garde de faire apprendre à leurs jeunes filles les sciences et les arts, comme ils font à l'égard de leurs enfans mâles. Les perfides ! ils craignent que l'industrie suppléant à la force, ne leur enlève à la fin un droit dont ils ont si insolemment abusé.

Il suit de ce que je viens de dire, que les femmes étant, dès l'origine, d'une nature plus parfaite que celle de l'homme, et par conséquent supérieure à la sienne, sentirent qu'elles n'étaient point faites pour agir, mais pour commander. Elles donnèrent donc le gouvernail de leurs maisons aux hommes, comme un riche propriétaire confierait à un agent la gestion de ses biens,

C'est là, sans doute, une grande faute de la part des femmes; que de folies, que de crimes n'auraient-elles pas épargné au genre humain, si elles n'avaient pas ainsi cédé leur pouvoir?

Sous cet heureux gouvernement nous aurions coulé des jours délicieux et tranquilles, selon la destination de notre nature primitive; la simplicité des mœurs et de la religion aurait passé jusques à nous incorruptible. Nous ne nous serions point bâti mille systêmes fantastiques; et l'imagination sagement dirigée par des esprits bien plus parfaits, n'aurait point enfanté une foule d'arts inutiles et souvent pernicieux à la société. Mais les

femmes pouvaient – elles prévoir
tant de malice, tant d'extravagance
chez les hommes ?

A peine eurent-ils les rênes qu'ils
lâchèrent la bride à tous les vices.
Ils commencèrent d'abord par s'ap-
proprier un droit qui ne leur avait
été que confié ; puis donnant un
libre cours à leurs passions, diri-
gées par l'orgueil et l'ignorance,
ils se jetèrent dans toute sorte de
travers, et marchèrent presque toujours sous les étendards du crime.
On ne peut lire sans un étonnement mêlé de pitié, et souvent sans
indignation, les fastes de l'anti-
quité et les annales de nos jours.
Les uns se firent un barbare plaisir
de se massacrer à l'envi, et de

s'arracher une vie qui n'est déjà
que trop courte; d'autres étouffant
en eux tout sentiment de nature,
cherchaient tranquillement leur
nourriture dans les entrailles encore palpitantes de leur semblable
mourant et désespéré, après s'y
être préparés par des danses et des
chants d'alégresse, plus cruels en
cela que les bêtes les plus féroces
qui respectent du moins leur espèce. Quelques-uns, parvenus par
la force ou par la ruse à se créer
des états, regardèrent le reste des
hommes comme de viles créatures, et se firent adorer comme
des dieux. On en vit enfin qui,
poussant plus loin l'orgueil et la
barbarie, exigèrent qu'on leur
immolât

immolât leurs semblables en ho-
locauste.

Chacun se crée des dieux à sa
fantaisie ; bœufs, chats, serpens,
oignons, planettes, mers, fleuves,
fontaines, deviennent tour-à-tour
l'objet de leur culte et de leurs
hommages. On élève des autels
au brigand comme au sage. Mé-
lange inouï! on sacrifiait également
au vice et à la vertu; tantôt c'est
le dieu de la débauche qu'on in-
voque, tantôt celui de la tempé-
rance : le larcin a ses autels à côté
de ceux de la justice...

Ces dieux, enfantés par leur
imagination déréglée, étaient pires
qu'eux, et leur donnaient l'exemple du crime et de la folie. On ne

2

voyait parmi ces immortels que
cabales et singeries. Un Jupiter,
frère et époux de Junon, première
déesse, après avoir rendu justice
aux mortels, et lancé majestueu-
sement ses foudres pour manifester
l'éclat de sa puissance, s'amuse
ensuite par mille tours de passe-
passe, à faire des infidélités de tout
genre à son épouse. Presque tous
les autres dieux étaient de cette
trempe.

Il fallait des ministres dignes de
ces divinités : aussi était-ce le
comble des momeries. La mytho-
logie ne nous offre que farces et
contorsions horribles de la part de
ces énergumènes, les jours con-
sacrés à leurs divinités, ou lorsqu'ils

en attendaient quelque oracle; car s'élevant au-dessus de sa sphère, l'homme a voulu aussi lire dans l'avenir, et avoir toutes choses présentes, à l'exemple des dieux : il a même porté la barbare bêtise jusqu'à immoler son semblable, pour chercher dans le mouvement de ses entrailles des secrets dont la connaissance n'appartient qu'à l'être infini ? Cependant, qui le croira ! toutes ces inventions ont acquis le nom de sages à leurs auteurs.

Enfin paraît sur la scène une autre espèce d'hommes, communément dit philosophes, gens aussi singuliers dans leur conduite que ridicules dans leur doctrine. Ils

quittent le nom de sage par modestie (1) , tandis qu'en prêchant
la sagesse, chacun d'eux se croit
cent piques au-dessus des autres.
Tous se font un systême différent
de vie et de croyance. Les uns
admettent une ame immortelle (2),
les autres n'en veulent pas (3).

––––––––––––––––

(1) Pythagore a donné le premier le nom
de philosophe aux anciens sages , disant
que la raison de l'homme était trop bornée
pour parvenir à la véritable sagesse. Jamais il n'eut mieux raison.

(2) Pherecydes , philosophe grec , est le
premier qui a soutenu l'immortalité de
l'ame.

(3) Empedocles disait que l'ame n'est
autre chose qu'un sang diffus au cœur. Selon

D'autres, après en avoir imaginé un certain nombre, les font passer de corps en corps comme des marionnettes (1). Les uns supposent le monde éternel, et en font sortir leurs divinités ; les autres le forment de la combinaison d'un nombre infini d'atomes de toutes figures et se mouvant en tous sens (2).

---

lui tout agissait par simpathie et antipathie. Ce système est assez plaisant, mais il ne satisfait pas entièrement.

(1) Pythagore, dont nous venons de parler, chef des méthempsycosistes : c'est cet original qui aima mieux mourir que de passer par un champ de fèves.

(2) Démocrite, et de nos jours Epieure, etc. On dit du premier qu'il riait

. . .

Enfin, on s'est avisé de lui donner un architecte qui prit, un beau jour, fantaisie de le faire ; et suivant quelques modernes, il n'est qu'une illusion (1). Il n'y avait qu'un seul point sur lequel ils se réunissaient tous, la vanité de se faire un nom, ou de passer pour des dieux.

Ils étaient pardonnables, sans doute, de se rire de l'ignorance et de l'imbécille crédulité de leurs contemporains, en faisant, pour parvenir à leur but, une infinité de prestiges qu'ils appelaient des

de toutes les actions des hommes, au contraire d'Héraclite qui en pleurait. Belle comédie, s'ils eussent été ensemble !

(1) Mallebranche, Barclay, etc.

miracles (1). Mais qu'un Empedocles se soit jeté dans les flammes
du mont Ethna pour faire croire
qu'il était monté au ciel (2) ; qu'un
Appollonius ait disparu à peu près
de cette manière (3), etc., c'est

---

(1) Numa, comme on sait, pour rendre
ses commandemens respectables, et les faire
croire émanés de la divinité, feignait avoir
communication avec la nymphe Egérie.
Le roi Servius s'est servi de sa flamme,
Scipion l'Africain de son serpent, Maho-
met de son pigeon, Pythagore de son
aigle, etc. Avec ces stratagêmes, ils ont
fait croire tout ce qu'ils ont voulu.

(2) Une de ses pantoufles d'airain, vo-
mie par le volcan, découvrit la fraude.

(3) Il est dit de cet Appollonius qu'une
voix l'appela au ciel, et qu'il y monta sou-

acheter bien cher la gloire de l'immortalité. Qu'un Pythagore ait
voulu déifier une ame qui, après
avoir logé dans un chien, un pois-
son, un insecte, était enfin venu
régir son corps (1); c'est le comble
de la démence et du ridicule. Et ces
originaux aimaient encore mieux

dain; mais il faut remarquer que ce ne fut
pas en public. Ce philosophe vivait du
temps de Néron. On ne saurait raconter
tous les miracles que son historien Phi-
lostrate lui attribue. Guérir les possédés,
faire cesser la peste, briser les chaînes,
ressusciter les morts, prédire l'avenir, se
rendre invisible, deviner les pensées, etc.,
c'était un jeu pour lui.

(1) Voyez St. Epiphane.

mourir pour le soutien de leurs rêveries, que de se rétracter !

D'après ce tableau de crimes et de folies, est-il surprenant que les hommes se soient déchaînés avec tant d'arrogance contre le beau sexe. Ils ont porté le délire jusqu'à mettre en doute si les femmes étaient de l'espèce humaine (1); c'était sans doute parce qu'au lieu d'adopter

---

(1) Aristote et d'autres philosophes anciens soutenaient que la femme était un homme manqué.

Anaximandre se donnait la peine de croire qu'elles étaient inférieures à l'homme, etc.

Nos modernes ne les ont pas mieux traitées. Le fameux Scoth a écrit que la femme n'était que comme un accident de l'homme;

leurs rêveries, et de croire à leur prétendue vertu, elles savaient leur rendre la justice qui leur était due. Pouvaient-elles regarder comme vertueux des êtres qui enfreignant les lois et l'ordre de la nature, se plongeaient dans les débauches les plus honteuses ; des êtres qui poussaient la fatuité de l'orgueil jusqu'à

---

d'autres ne les ont regardées que comme des causes secondaires.

Platon, qu'on dit avoir été un des plus sages, n'a pas laissé que de douter s'il devait les mettre dans la classe des bêtes.

Le conseil de Mâcon lui-même a disputé gravement, plusieurs séances, si la femme était de l'espèce humaine. On décida enfin, après bien des débats, que dieu avait créé l'homme mâle et femelle.

devenir amoureux d'eux-mêmes,
et mourir victimes de leur propre
beauté (1), qui portaient la ridicule
démence jusqu'à vouloir épouser
des statues inanimés (2)? Est-il une

_____

(1) Il veut parler sans doute du présomptueux Narcisse, qui, après avoir dé-
daigné les plus belles femmes de son pays,
devint passionnément amoureux de lui-
même, et se consuma de douleur en con-
templant son image dans une fontaine.

(2) Pygmalion, comme on sait, devint
amoureux de sa statue. Il peut bien y avoir
un peu de fiction, à l'égard de ces deux
derniers faits; mais il n'est pas moins vrai
que les fictions des anciens cachaient toujours un emblême de vérité.

Un jeune Gnidien devint tellement épris
de la belle statue de Vénus, faite par Praxi-

femme qui ait donné dans de tels
excès ?

Nous ne nous arrêterons point
sur le tableau de nos jours, par
égard pour nos contemporains ;
mais l'œil le moins attentif, le
moins observateur, y verra toujours la même scène, reproduite
seulement sous des couleurs, en
général, plus fines. Et la plupart de
nos philosophes ne travaillent-ils
pas leur cerveau creux de mille
idées extravagantes ?

La femme, dira-t-on, n'a peut-

------

telle, qu'il fit des horreurs dans le temple
de cette déesse, dont il voulait absolument
épouser la statue, et pour laquelle il
s'était presque ruiné.

être.

être pas donné la *première* (1) dans de tels travers, faute de capacité; et l'excellence que vous lui donnez au dessus de l'homme, est une proposition qui me paraît plus avancée que prouvée. Rien de plus faux; puisque, comme nous venons de voir, elle est assise sur le consentement unanime des hommes mêmes : mais, outre cet aveu général, de quelque côté qu'on considère la femme, ne voit-on pas en elle une supériorité de nature.

On lit dans l'histoire de la créa-

---

(1) Le jeune Florimène a voulu dire sans doute que la femme a été forcée dans la suite à suivre le torrent, au moins en apparence.

tion que Dieu créa toujours de
plus parfait en plus parfait; et c'est
tellement vrai, qu'il ne créa les
choses vivantes et animées, qu'a-
près avoir créé les choses insensi-
bles et purement matérielles, et
que, de tous les animaux, l'homme
fut créé le dernier : on y lit aussi
que la femme fut formée de la côte
de l'homme; elle ne fut donc créée
qu'après lui. Il est donc bien
évident que le Créateur en voulut faire sa créature la plus parfaite; que, comme il avait formé
l'homme de l'essence de la terre,
de même il forma la femme de
l'essence de l'homme. Aussi ne
voulut-il pas la créer dans un lieu
ordinaire, comme il avait fait de

celui-ci; ce ne fut que dans le
paradis terrestre : de sorte qu'on
peut dire avec raison que ce jardin
de délices ne fut réellement fait que
pour la femme. Dieu voulait lui
faire-sentir par là, l'excellence de
sa nature. C'est pourquoi il ne lui
défendit pas, comme à Adam, de
manger du fruit de la science du
bien et du mal. Il semble que
l'intention du Créateur était que
cette science devait seule appartenir
à la femme : et s'il la condamna
aux douleurs de l'enfantement, ce
n'est pas pour avoir mangé du fruit
défendu , puisqu'il ne lui en fit
aucun reproche, mais pour en avoir
fait manger à l'homme qui n'avait
pu résister à l'honnête procédé de

sa supérieure. Et qu'on remarque
ici le bon naturel de la femme !
à peine a-t-elle un fruit à sa
disposition, fruit par excellence,
qu'elle veut bien le partager avec
l'homme. En vérité, s'il y a de
mauvaises femmes, il faut croire
que c'est le torrent de la déprava-
tion qui les a entraînées dans le
vice. Qu'on ne dise pas non plus
que dès ce moment elle fut sou-
mise à l'homme ? Dieu dit seulement qu'elle serait attachée à son
sort (1); mais sans perdre de sa

_____

(1) L'explication de ce mot va paraître
surprenante à quelques personnes ; mais
qu'elles fassent attention qu'on distingue
plusieurs sens dans l'écriture; et qu'on

supériorité; et il n'y a que l'homme
qui puisse interpréter autrement le
texte de l'écriture. Car y aurait-il
du bon sens à croire, qu'après
avoir donné de si excellentes prérogatives à la femme, Dieu voulut
la priver de sa supériorité pour la
faire passer à l'homme, qui lui
avait seul si formellement désobéi?
Non certes, ce n'était point l'intention du Créateur. Il n'a pas
condamné la femme au travail;

---

pourrait même donner à un mot une explication différente de sa signification lit-
térale, pourvu que les antécédens et les
conséquens l'exigent ou le permettent. Ici,
il n'y a qu'à mitiger un peu le mot *atta-*
chée pour le concilier avec le reste.

l'homme seul doit cultiver la terre,
ou elle ne lui produira que des
ronces et des épines : *Tu ne vi-*
vras, lui dit le Seigneur, *qu'à la*
sueur de ton front.

Il faudrait donc être aveuglé par
l'esprit de parti, pour ne pas aper-
cevoir que la femme est le plus
noble de tous les êtres créés sur la
superficie de la terre; la preuve en
est trop évidente (1). Qu'on donne

(1) Le Créateur l'a encore mieux dé-
montré en voulant naître d'une femme;
car enfin devant naître miraculeusement,
pourquoi ne serait-il pas né d'un homme
plutôt que d'une femme, si celle-ci n'avait
été d'une nature plus excellente? ce n'aurait toujours été qu'un miracle. Mais
l'homme n'en était pas digne. Quelques

aux femmes une éducation com-
plette comme aux hommes, et l'on
en sentira la différence. On verra
quels progrès rapides leur esprit
pénétrant et délié fera en peu de
temps. Chose étrauge ! on ne voit de
toute part que colléges, universités,
académies, etc. (1), pour instruire

---

critiques diront peut-être : ne pouvait-il
pas alors naître femme et non homme ?
Je répondrai que comme les hommes se
mêlaient alors de tout faire, il avait bien
voulu s'accommoder à leur faiblesse, crainte
de révolter entièrement leur esprit orgueilleux ; ce qui les aurait tous perdus.

(1) Le lecteur voudra bien se rappeler
que le discours a été prononcé en 1785,
et par conséquent avant la révolution.

et former les jeunes gens, tandis
qu'on borne tout au plus l'instruc-
tion d'une fille à lui faire apprendre
quelques simagrées dans un couvent, la musique, la danse et les
ouvrages de l'aiguille. Il n'y a presque pas de famille aisée qui ne se
gêne pour l'éducation de ses enfans
mâles, tandis qu'elle néglige quelquefois totalement celle d'une fille.
Que de talens, que de trésors, que
de rares productions ne laisse-t-on
pas enfouis!

Leur esprit inquiet et élevé pour
les grandes choses, gémit de se
voir asservi à cette manifeste injustice qui a dégénéré en usage,
et lorsqu'il vient à être cultivé ou
qu'on lui permet un libre cours,

il ne laisse rien à desirer. Semblable à ces terres incultes et bonnes de leur nature ; à peine sentent-elles la main du laboureur qu'elles ouvrent aussitôt leur sein avec joie, reçoivent avidement une semence trop long-temps prodiguée à un sol bien moins fertile, et la rendent au triple des autres.

On en a vu des exemples dans tous les temps. Corinne dispute la palme à Pindare, l'Horace des Grecs, et l'emporte presque toujours sur cet illustre poëte. Sapho fait l'admiration de la Grèce par l'harmonie et la beauté de ses vers, et sur-tout par son art inimitable de toucher les cœurs. Je passe sous silence Praxille, Aspasie, etc. pour

m'arrêter à l'illustre Télésille, cette
femme aussi habile à manier l'é-
pée que la plume, et qui sauva sa
patrie. Cléomène, roi de Sparte,
après avoir fait périr, contre la
foi des traités, tout ce qu'il y avait
dans le pays Argien d'hommes capables de porter les armes, mena
son armée victorieuse aux portes
d'Argos, et allait s'en emparer,
lorsque Télésille entreprend de défendre la ville. Cette aimable guer-
rière fait sortir les esclaves, prend
dans les temples les armes qui y
étaient restées, les distribue à toutes
les femmes et marche à leur tête.
Encouragées par un si bel exemple, une ardeur généreuse s'em-
pare du cœur de ces femmes; les

cris de l'ennemi, la mort qui les menace, rien ne les étonne. Le général Spartiate, frappé de leur courage, fait lever le siége, et renonce à son entreprise. Tomyris, reine des Scythes, attaque et défait la puissante armée des Perses et des Mèdes, et tue de sa propre main le cruel Cyrus leur roi. Penthésilée ose bien se mesurer avec Achille, le plus vaillant guerrier de son temps. Sémiramis, reine des Assiriens, après la mort de son époux, prend les rênes d'un empire naissant, en étend les limites fort au loin, bâtit la plus superbe et la plus florissante ville de son temps, et laisse enfin à son fils le plus beau des empires, après avoir

joint à la bravoure la plus héroïque des preuves éclatantes d'une
conduite sage, éclairée et digne à
jamais d'admiration. La célèbre et
trop infortunée Didon (1), obligée

---

(1) Tout le monde connaît la fin tra-
gique de cette illustre princesse qui mourut victime de la perfidie du tant *pieux*
Œnée, assez ingrat pour oublier l'hospi-
talité honorable qu'il en avait reçue, et
délaisser un cœur qui s'était donné à
lui avec tant de tendresse, et qu'il avait
peut-être séduit. Les persécutions de son
frère et l'ingratitude du prince Troyen
donnèrent lieu au quatrain suivant :

Pauvre Didon, où t'a réduite
De tes maris le triste sort !
L'un en mourant cause ta fuite,
L'autre en fuyant cause ta mort.

de

de fuir la cruelle avarice d'un frère
dénaturé, bâtit la ville la plus florissante d'Afrique, qui fut long-
temps l'émule et la rivale de Rome,
qui la fit trembler plus d'une fois,
et lui disputa, jusques dans son
sein, l'empire du monde. Clélie,
donnée en ôtage à Porsenna, passe
le Tibre à la nage, avertit ses

Ce pieux Œnée ne s'inquiétait pas beaucoup du sort des femmes; il aima mieux
laisser périr sa première épouse dans l'in-
cendie de Troie, que d'y laisser quelques
morceaux de bois ou de métal qu'il appelait ses dieux Pénates. Dans la suite, il
s'embarrassa fort peu que Lavinie aimât
Turnus; il se battit pour avoir la main
de cette princesse, parce que cette alliance
lui procurait de riches états.

concitoyens de ce qui se passe dans le camp ennemi, et donne à tous les Romains l'exemple du courage et du patriotisme le plus zélé. La belle Lucrèce, forcée d'essuyer la brutalité outrageante d'un tyran, frappe un cœur qu'elle ne croit plus digne de son époux (1), donne aux siècles à venir un exemple de la vertu la plus pure et du courage le plus héroïque, fait chasser honteusement de Rome le superbe Tarquin avec son indigne famille, et donne enfin naissance à la république la plus puissante qui ait jamais existé. Personne n'ignore

_____

(1) Je voudrais bien savoir s'il y a jamais eu homme qui ait fait cela.

l'intrépide valeur de la fameuse
Jeanne-d'Arc : le royaume est aux
derniers abois ; les ennemis, vic-
torieux par-tout, ne laissent plus
au monarque français que le triste
et petit nom de roi d'Orléans. Une
jeune fille sans expérience se pré-
sente pour chasser l'ennemi. On
méprise d'abord une proposition
qui paraissait à ces esprits prévenus
aussi ridicule qu'extraordinaire.
Forcés enfin de tout risquer, le
prince et l'état lui confient les mi-
sérables restes d'une armée déla-
brée. Mais, quelle surprise ! les
affaires changent de face en un
moment ; les ennemis vaincus à
plusieurs reprises, sont forcés de
plier à leur tour ; l'illustre ama-

zone les chasse par-tout; et après
avoir fait seule ce que n'avaient
pu tant de braves capitaines, elle
périt enfin victime du dépit des
Anglais (1).

Je ne finirais jamais si je voulais
citer ici toutes les femmes qui se
sont distinguées en tout temps par
les traits les plus dignes de louange,

---

(1) Qu'on remarque ici la méchanceté
des hommes. Les Anglais, indignés et
confus d'avoir été ainsi maltraités par une
femme, s'imaginèrent, pour calmer leur
orgueil irrité, et satisfaire leur vengeance,
qu'elle était sorcière; et après avoir fait
juridiquement son procès, ils la condamnè-
rent à être brûlée vive. Est-ce ainsi qu'on
devait traiter un tel prisonnier de guerre?
Beaux philosophes que les Anglais!

et nous en voyons tous les jours
qui s'immortalisent en tout genre.
Qu'on lise les ouvrages de nos
savantes modernes ; et l'on verra
si les hommes sont faits pour ap-
procher de cette élégance simple,
naturelle et persuasive, de cette
inimitable délicatesse dans les ex-
pressions, de ces saillies piquantes
et agréables... En tout et par-tout,
on reconnaît leur prééminence.
Elles ne le cèdent pas davantage
dans les arts, lorsqu'elles s'en veulent mêler. Leur gouvernement n'est
pas moins sage ; et une princesse
de nos jours (1) porterait jusqu'à

---

(1) Feue CATHERINE, impératrice de
Russie.

...

la dernière évidence les preuves
que nous en avons déjà données,
si elles n'étaient plus que convain-
cantes. Et, chose digne de remarque, elles n'échouent presque jamais dans leurs entreprises, et
n'entreprennent guère qu'aux dernières extrémités, comme on a pu
le voir par les traits que je viens
de citer.

Mais ces faits, dira-t-on encore,
sont rares, et l'on ne voit pas que
les femmes aient donné souvent
dans des sciences profondes et abstraites.

Plaisantes questions ! les exemples sont rares ; nous en avons déjà
donné la raison : sur cent mille
ames qui apprennent les arts et les

sciences, à peine compterait-on
cent femmes; et qui dira que ces
cent sont les plus capables ? Cependant on n'en voit aucune qui
ne réussisse, tandis que la plupart
des hommes, après avoir traîné
leur ignorance de capitale en capitale, reviennent presque toujours
dans leur pays aussi bornés qu'auparavant; si l'on en excepte l'esprit
d'orgueil et de libertinage qu'ils
ne manquent guère d'acquérir, ou
dans lequel ils n'ont qu'eu souvent
besoin de se perfectionner.

Comment veut-on, d'ailleurs,
qu'une femme se signale à la guerre,
tandis qu'elle n'a jamais connu
le mousqueton qu'il lui serait ridicule aujourd'hui, peut-être même

pénible de porter (1)? tant le préjugé et l'habitude ont prévalu.

Veut-on qu'elles signalent leur
équité et leur prudence dans les
lois ? Certes, il serait nécessaire;
il serait bon, sans doute, qu'elles
examinassent avec soin de quelle
autorité les hommes se sont arrogé
seuls le droit de faire des lois si
injustes à leur égard. Qu'on jette
rapidement les yeux sur nos mœurs
actuelles! un seul trait va faire sentir
toute l'injustice et même le ridicule
de nos procédés. Un libertin peut

_____

(1) On en a pourtant vu dans cette
dernière révolution, se déguiser en homme,
prendre le mousqueton, et se distinguer
par leur courage.

npunément ruiner sa famille,
isqu'à la priver du nécessaire,
ur fournir aux folles dépenses
u'il est obligé de faire dans ses
aisirs et ses débauches; tandis
u'il peut, avec la même impunité,
ire cloîtrer sa femme (1) pour la
oindre faiblesse, quelquefois
ur une jalousie aussi ridicule
ue mal fondée, et dont il est
uvent la cause primitive (2). Un

(1) Ce danger n'existe plus; mais ce
est pas pour cet abus que les cloîtres ont
é supprimés : les jeunes demoiselles trou-
ient du moins dans ces maisons une
rte d'éducation qu'il serait difficile de
ur procurer aujourd'hui.

(2) Oui, la cause primitive. Rarement
e femme manquerait à son mari, si celui-

jeune homme peut , à son gré ;
donner dans le libertinage , se
vanter même de ses sottises , sans

---

ci ne lui manquait. Qu'une femme se sente
du penchant pour un autre (car il est plus
difficile de régler les mouvemens de son
cœur que ceux d'une montre) , l'époux
n'a qu'à redoubler d'attention pour elle ;
et pourvu qu'il se comporte bien d'ailleurs,
je suis moralement sûr qu'insensiblement il
reprendra la première place. Mais point
du tout, on fait précisément le contraire ;
on est toujours grondant , toujours de
mauvaise humeur : encore bien souvent
ne s'en tient-on pas là... Qu'arrive-t-il ?
on devient de jour en jour plus odieux
à son épouse ; l'objet qui ne l'avait d'abord
que touchée faiblement devient plus aimable par le contraste des deux caractères ;
il prend enfin l'ascendant , et.....

e déshonorer , sans manquer de
rendre également un parti ana-
ogue à son état ; une demoiselle,
u contraire , a-t-elle le moindre
ttachement pour quelqu'un, fondé
ême sur la vertu et l'estime , la
oilà aussitôt en butte à la médisance
t le plus souvent à la calomnie.

D'après ce coup – d'œil , que
eut-on penser des hommes ? Aussi
raignent-ils le droit de repré-
ailles , ont-ils soin de ne pas laisser
pprendre aux femmes cette partie,
insi que les autres sciences , et de
ie pas admettre dans leurs conseils
elles qui ont reçu de la nature ,
u des dispositions suffisantes pour
n acquérir d'elles-mêmes la con-
iaissance, ou un génie assez étendu

pour en juger sainement ; mais usant du droit du plus fort (1), droit qu'en d'autres circonstances ils condamnent eux-mêmes, suivant leurs intérêts, ils décident et ont toujours décidé de tout à leur fantaisie.

Nous avons déjà remarqué que les femmes étaient capables de donner dans les sciences profondes et abstraites (2). Mais si, en géné-

(1) On aura beau dire, beau faire, ce droit sera toujours la première loi de l'Univers, et la terrible boussole qui dirigera les pauvres humains.

(2) Nous en avons encore un exemple aujourd'hui dans la nièce du célèbre Lalande.

ral,

ral , elles ont peu de goût pour
rêver à cette philosophie qu'on
appelle de raisonnement , à la
théologie, et aux autres sciences de
cette espèce , en sont-elles plus
blamables ? Perdront-elles de leur
droit , parce qu'elles n'ont point
donné dans des folies et des extravagances sans nombre ? Et seront-
elles moins estimables parce qu'elles
n'auront point suivi dans leurs travers une foule de sots qui croient
tout savoir, et qui ne savent rien (1)?
Un tel raisonnement ne pourrait

---

(1) Ah ! M. Florimène, la chaleur du
cœur vous avait bien exalté la tête. Je
prie le lecteur sensé de pardonner à cet
amoureux : pour les autres, ils n'ont pas
le droit de s'en plaindre.

5

être que le fruit des idées systéma-
tiques de l'homme.

Non certes, la femme n'a pas
compassé la grandeur, le mouvement, et la distance réciproque des
astres ; elle n'a point cherché à
connaître leur nature, leurs pro-
priétés, l'influence qu'ils peuvent
avoir les uns à l'égard des autres,
et tant d'autres secrets dont la connaissance n'appartient qu'à un être
supérieur et parfait. Dans quels
écarts les hommes n'ont-ils pas
donné à ce sujet. Ils ont voulu par
ce moyen deviner le passé, savoir
le présent, prédire l'avenir, mar-
quer aux animaux et aux choses
leur destinée d'après l'étoile qui
avait présidé à leur naissance. Ils

ont enfin voulu juger de la nature
de chaque corps, de chaque être,
tandis qu'ils ne se connaissent pas
eux-mêmes. Bientôt s'érigeant en
théologiens, ils ont tenté, dans leur
délirante présomption , d'escala-
der les cieux, d'y chercher Dieu
lui-même, et, après s'être épuisé
sur la recherche de sa nature, de
le définir chacun à sa fantaisie,
comme nous l'avons vu , en par-
lant des extravagances de nos anciens. Celles de nos modernes ne
sont pas moins remarquables; mais
les égards qu'on doit naturellement
à ses contemporains me les font
passer sous silence. Cependant,
comment lire sans frémir les san-
glantes révolutions occasionnées

par l'esprit de parti (1). Combien
de fois ne s'est-on pas servi du
masque imposant de la religion
pour mettre à couvert, même com-
mettre impunément en public les
forfaits les plus horribles, qui feront
rougir la nature jusques dans les
siècles les plus reculés (2).

Non assurément, les femmes
n'ont point donné dans ces sciences

---

(1) Florimène n'avait pas encore vu la
révolution française !

(2) Sans parler de tant d'autres exemples, on ne peut lire sans horreur comment, dans la découverte du Mexique et
du Pérou, les barbares Espagnols, con-
duits par l'avarice, annonçaient un dieu
de paix aux bons habitans du pays.

là ; on ne les a point vues puiser dans les écritures de quoi former une cabale, un parti, en interprêtant les textes suivant leurs intérêts, leurs passions ou leurs caprices (1) ; on ne les a pas vues créer, définir, diviser, détruire Dieu, suivant le déréglement de leur imagination. Plus sages que les hommes, les femmes se sont

---

(1) L'écriture, dit le célèbre Montesquieu, est un pays où toutes les sectes font des descentes, et vont comme au pillage : c'est un champ de bataille où les nations ennemies qui se rencontrent, livrent bien des combats ; où l'on s'attaque, où l'on s'escarmouche de bien des manières. La plupart des interprêtes n'ont point cherché dans l'écriture ce qu'il fallait

. . .

coiftenues dans les bornes étroites
de la nature humaine : peu in-
quiettes que le soleil tournât ou
que ce fût la terre, que ces globes
lumineux suspendus et mobiles sur
nos têtes , fussent de feu ou de
toute autre nature, elles se sont
contentées de savoir qu'elles vi-
vaient, et que la meilleure manière
de vivre est de se rendre agréable

croire, mais ce qu'ils croyaient eux-mêmes ; ils ne l'ont point regardée comme
un livre où étaient contenus les dogmes
qu'ils devaient recevoir, mais comme un
ouvrage qui pourrait donner de l'autorité
à leurs propres idées. C'est pour cela qu'ils
en ont corrompu tous les sens, et qu'ils
ont donné la torture à tous les passages.

à la société. C'est là, je crois, la
vraie science, la science par excellence; et l'on peut dire, sans
crainte de se tromper, que les
femmes y ont cent fois mieux
réussi que les hommes. S'il en
est parmi eux qui la possèdent, ce
n'est qu'après avoir fréquenté long-
temps les cercles des femmes; car,
comme disait très-bien un auteur
moderne, l'homme même qui a
le plus d'esprit, n'est qu'un dia-
mant brut, s'il n'a été façonné par
le beau sexe.

D'après ce simple exposé, qui ne
sentira l'avantage réel des femmes
sur les hommes? Mais qu'était-il
besoin de preuve? les hommes ne
démontrent-ils pas tous les jours

qu'ils en sont parfaitement con-
vaincus ? autrement, seraient-ils,
tant acharnés à les invectiver sans
cesse, jusqu'au point de démentir
leurs procédés ? non, sans doute;
ils les regarderaient, sans rien dire,
comme des êtres d'une nature in-
férieure, ainsi qu'ils font à l'égard
du reste des créatures; mais c'est
par un jaloux orgueil, et pour main-
tenir ce vieux préjugé qui rend
les femmes soumises à l'homme,
qu'ils tâchent d'obscurcir leurs prérogatives et leurs droits.

Quelle perfidie, et en même
temps quel contraste! Est-on épris
d'une beauté, on lui rend assidue-
ment les hommages qui lui sont
dus, même pendant plusieurs an-

nées s'il le faut : a-t-elle quelque
bonté, quelque complaisance, tout
prend le change ; d'humble servi-
teur qu'on était, on devient tyran.
Faut-il donc que les hommes soient
si méchans, parce que les femmes
sont si bonnes (1) ? Encore les
traîtres ne s'en tiennent - ils pas
toujours à cet indigne procédé ; ils

---

(1) J'en demande bien pardon à M. Florimène et aux Dames ; mais il n'y a pas
de règle sans exception, et je crois qu'il
s'en peut trouver ici. Et pour remonter
au commencement de sa phrase, après
avoir convenu que ces indignes procédés
ne sont malheureusement que trop fré-
quens, je crois devoir ajouter cependant
que si on prenait cette phrase à la lettre
en la généralisant, les femmes n'écoute-

vont souvent par-tout chanter insolemment leur victoire qu'ils ont
soin même d'embellir. Il est vrai
que cela donne de temps en temps
lieu à bien des souplesses ; ils sont
plus d'une fois, quand leur intérêt
l'exige, forcés de chanter la pali-
nodie.

A dieu ne plaise que je veuille

---

raient jamais les hommes, crainte d'être
trompées ; d'où je concluds que la fin de
la pauvre espèce humaine ne tarderait pas
à arriver, sans parler de la privation d'un
plaisir qui est la source et l'ame de la
vie, le seul qui reste souvent au malheureux. Tout ce que peut faire une femme,
c'est de s'attacher beaucoup au moral dans
le choix qu'elle veut faire.

parler ici de tous les hommes. Il
en est sans doute qui le disputent
aux femmes par la douceur et la
gentillesse de leur caractère, par
leur esprit et les égards qu'ils savent
dus au beau sexe. Ceux-là sont,
après lui, la portion la plus chérie
du genre humain ; mais ce sont
autant de phénix par leur rareté.

Rentrez donc en vous-mêmes,
hommes vains et orgueilleux; des-
sillez vos yeux, et déposez à vos
pieds une chimère qui vous a fait
faire tant de folies. Rendez enfin
à vos supérieures des hommages
dictés par le créateur, et rappelés
par la nature. Tout vous le démontre ; ne les servez - vous pas,
même dans leurs plaisirs ; et Ma-

homet aurait-il cru jouir de la
félicité suprême dans son paradis,
s'il n'avait eu avec lui des femmes
qui lui procurassent un bonheur
éternel. Rentrez donc dans votre
sphère, et suivez les loix de la
nature, si vous voulez être heureux.

Pour vous, mesdames, moquez-
vous de toutes les réveries des
hommes, vous ne serez pas moins
l'ame de la vie; continuez toujours
de charmer, c'est là la vraie philosophie, la philosophie la plus
aimable. Quoi qu'en disent les
hommes, ils ne cesseront d'être
vos adorateurs. Ils ont beau faire,
ils se démentent toujours, et ne
peuvent s'empêcher de reconnaître
la supériorité de vos mérites en
rendant

rendant tous les jours hommage
à un si parfait assemblage de graces,
de beautés et de vertus :»

Ainsi parla le jeune Florimène;
l'assemblée applaudit avec trans-
port à son enthousiasme, et il reçut
de cette charmante société l'accolade fraternelle, accolade qui valait
bien celles qu'ont reçues depuis tant
d'orateurs et de parleurs.

La jeune et simple Enize, qui
n'avait cessé d'ouvrir ses beaux
yeux bleus pendant tout le discours de son amant, et dont la
bouche entr'ouverte avait paru respirer avec une délicieuse avidité
l'air bienfaisant qui lui commu-
niquait le son enchanteur de chaque

parole, baissa la vue et rougit, lorsque ses lèvres vermeilles se posèrent sur les joues colorées de l'aimable Florimène ; mais son cœur ne pouvait se contenir de plaisir, et les mains tremblantes des deux amans furent leur première déclaration d'amour et le serment de s'aimer à jamais.

Les transports d'Enize et de Florimène, comme un feu électrique, communiquèrent une vive émotion à toute l'assemblée ; les yeux se rencontrèrent, et on y lut en traits de feux les sermens de tendresse et de fidélité. Le seul Danicourt parut sombre et colère.

Danicourt un peu moins âgé que Florimène, possédait le double de richesses. Il aimait depuis quelque temps la jeune Enize, mais de cet amour qui ne connaît ni les peines ni les soins. Fier da sa fortune, d'une belle taille, d'une figure assez jolie, et de ce jargon de nos petits maîtres, qu'on veut bien appeler de l'esprit, il avait cru jusqu'à ce jour faire beaucoup d'honneur à Enize que de penser à elle; et il ne se doutait pas qu'un autre osât aspirer à un bien qu'il regardait comme le sien.

Ce qui venait de se passer ne lui laissait aucun doute sur les sentimens mutuels de nos deux amans. Sa rage égala sa surprise. Il éprouva pour la première fois les tourmens de l'amour; mais comme un tigre

qui craint de voir échapper sa
proie. Son orgueil irrité ne pouvait supporter ce qu'il croyait tant
d'audace d'une part et d'ingratitude de l'autre ; et il résolut de
s'en venger à quelque prix que ce
fût, tandis que nos amans se doutaient à peine des sentimens qui
agitaient ce fat orgueilleux.

Ils ne tardèrent pas à s'en ap-
percevoir. Danicourt se regardait
plutôt comme le protecteur de la
société que comme un affilié. Il
croyait que tout le monde devait
lui savoir gré de sa présence, et
il ne s'accommodait au systême
reçu que dans la ferme persuasion
que toute les femmes se dispute-
raient l'honneur du mouchoir.

Trompé dans ses espérances , contrarié dans ses desseins, il manifesta hautement sa mauvaise humeur , dit que le discours de Florimène n'avait pas le sens commun, et qu'il n'était qu'une méchante et plate diatribe capable d'intervertir l'ordre de la société.

C'était la première fois qu'on avait trouvé de l'opposition dans ce charmant petit club; les injures n'avaient pas encore retenti dans cette enceinte, jusqu'alors le siège des amours, du plaisir et de la douce égalité : les dames en furent offensées, les jeunes gens irrités, et la tendre Enize en conçut des alarmes. Danicourt jusques-là indifférent à son cœur, lui fit enfin

éprouver un sentiment qui ne lu
avait jamais été connu, celui d
la haine et du mépris. Tout l
monde prit le parti de Florimène
un coup-d'œil de son amie, comm
un baume salutaire, fit disparaîtr
les blessures que les discours in
jurieux de son rival auraient p
porter à sa sensibilité, et Danicour
sortit furieux. On demanda de tout
part qu'il fût rayé de la liste d'a
filiation ; mais le généreux Flori
mène s'y opposa, et obtint qu'au
paravant il fût entendu.

Enfin l'assemblée se sépara ; Eniz
sortit avec son amie Adèle, au
trefois la compagne de ses jeu
innocens et folâtres, aujourd'hu
la confidente des mille et un souci

que l'amour enfante à côté de ses
plaisirs. Florimène les suivit des
yeux, jusqu'à ce que les perdant
de vue il se vit enfin obligé de
regagner la maison paternelle, mais
plus amoureux que jamais.

Enize avait besoin d'épancher
son cœur dans le sein de son amie.
Si elle avait éprouvé un sentiment
bien vif et bien délicieux aux ap-
plaudissemens et aux marques d'a-
mitié qui accompagnèrent le discours de Florimène, et sur-tout
lorsque ses joues de rose appro-
chèrent de celles de son amant,
la scène qui suivit ce beau moment avait porté une teinte sombre
dans son ame, et l'agitait de tristes
pressentimens. Les deux amies fu-

rent s'asseoir dans un de ces char-
mans bosquets que la nature et
l'art ont répandus avec tant de
profusion dans le riant bassin de la
Limagne, et qui inspirent au spec-
tateur encore sensible une douce
mélancolie ou de tendres desirs.

« Ma chère Adèle, dit Enize,
il n'est donc point de plaisirs qui
ne traîne des peines à sa suite. A
peine l'aurore du bonheur com-
mence à luire pour moi qu'un
nuage épais en vient obscurcir les
rayons. Je ne sais, mais cet évènement m'attriste. Voilà donc les
hommes! ils se ressemblent tous.
Danicourt avait jusqu'ici applaudi
à nos principes; il se trouve contrarié dans ses vues, il en devient

aussitôt l'ennemi. As-tu vu comme
il est sorti furieux. Crois-tu, mon
amie, que Florimène en eût fait
autant, à sa place. Si j'en étais
sûre.... Oh! il faut que je l'é-
prouve... Non, mon cœur ne peut
supposer tant de perfidie. Comme
il a l'air tendre, sensible, généreux! la sincérité semble reposer
sur ses lèvres, la candeur et la
bonne foi sont peintes sur sa
figure.... Mais je crains tout de
la fureur de son rival. Il est d'ailleurs
beaucoup plus riche, il est aimé
et considéré de mes parens. Que
d'obstacles vont s'opposer à mon
bonheur! le sort des femmes est
bien à plaindre, mon amie; souvent
sans consulter nos sentimens, on

nous livre à la merci du plus of
frant, et nous sommes condamnée
à vivre avec des hommes dont l
cœur est tendre comme le méta
qui nous rend leur propriété. »

« Ma chère Enize, lui répon
Adèle en l'embrassant, je partag
tes sentimens et tes peines. Si l
cœur consultait toujours la raison
je me permettrais d'user du dro
que l'amitié me donne pour te dir
que tu n'as peut-être pas asse
cherché à combattre un amour qu
peut devenir funeste. Je ne conna
pas de plus grand malheur que d
donner son cœur à un homme qu
en est indigne. Je me flatte, j
crois même que Florimène est u
jeune homme plein d'honneur, e

qui mérite toute ton estime. Mais,
s'il en était autrement, comment
pourrais-tu t'exposer au ressentiment de ta famille ; comment
pourrais-tu sacrifier la tendresse
de tes parens, et l'estime de tes
amis, à ton attachement pour un
homme qui ne mériterait que le
mépris. Juge combien ton sort serait
déplorable. Il en est temps encore,
mon amie ; avant que la blessure
ne devienne incurable, éprou-
vons si Florimène est digne de la
tendre Enize ; et si nous ne sommes
point trompées dans notre attente,
si ton amant est tel que ton amour
et mon amitié nous le dépeignent,
alors nous chercherons à surmonter
les obstacles; alors la sensible Enize

pourra dire : je n'ai point à rougir de mes sentimens , son cœur est pur comme le mien ; et cette idée la soutiendra dans ses peines. »

Les paroles d'Adèle coulèrent comme une douce rosée sur le cœur agité d'Enize. En amour un rien nous abat , un rien nous rassure. Adèle était un de ces rares trésors de l'amitié; plus âgée , elle devait avoir plus d'expérience , et la paix de son ame la mettait à même de voir les choses avec moins de prévention. Enize se jette dans le sein de son amie , promet de s'abandonner à ses avis , et se sent comme soulagée d'un pesant fardeau : les larmes de l'amitié se mêlent avec celles de l'amour. Amitié,

tié, fille du ciel, tes étreintes sont
toujours douces ; mais tu es l'ange
tutélaire des amans. Tu calmes par
tes charmes, tu enchaînes quelquefois ce sentiment si vif, si im-
périeux dont la fougue s'irrite
souvent et s'accroît par les obstacles. Heureux le cœur tendre et
aimant qui peut trouver un ami
fidèle et sensible ! Si Adèle ne put
prévenir tous les malheurs qui ac-
cablèrent dans la suite l'infortunée
Enize, c'est qu'il est un terme à
la sagesse humaine. Mais cette rare
amie ne l'abandonna jamais.

Tandis que la sensible Enize
épanche dans le sein de son amie
ses craintes et ses alarmes, Florimène peu inquiet de la mauvaise

7

humeur de son rival, était agité
d'un sentiment bien plus délicieux.
Plein de l'image de sa jolie maîtresse, entièrement occupé du moment heureux où sa bouche amoureuse avait cueilli le premier baise
de l'amour, où sa main craintive
avait pour la première fois serre
la main tremblante de son Enize
il était plongé dans un de ces transports extatiques si chers aux amans
douce extase dont il ne fût tiré qu
par l'arrivée d'un homme qui lu
apporta le billet suivant :

« Monsieur, je ne souffrirai pa
impunément qu'on aille sur me
brisées. Je vous attends demain su
les onze heures, dans la plaine de
Bergers. Nous verrons si vous ête

ausi brave en face d'un homme
d'honneur, que fade apologiste de
nos poupées du canton ».

DANICOURT.

Florimène ne put s'empêcher de
sourire de pitié à la lecture de ce
billet. Mon ami, dit-il au por-
teur, assurez celui qui vous a envoyé, qu'il peut compter sur moi.
O le plus vain et le plus méprisa-
sable des hommes! s'écria Florimène quand il fut seul. Sois donc
d'accord avec toi - même. C'est
pourtant pour ce que tu appelles
une poupée, que tu vas peut-être
perdre la vie ou l'arracher à ton
semblable. C'est pourtant ce que
tu appelles des poupées, que tu

a regardé jusqu'à présent comme
des divinités sur terre. Misérable!
je vais sur tes brisées! quand tout,
jusqu'à l'innocente Enize ignorait
ton amour. Que dis-je, ton amour,
tu n'en a pas ; tu n'en a jamais eu.
C'est ton orgueil qui se croit of-
fensé ; c'est le dépit de te voir pré-
férer un homme que tu regardais
bien au dessous de toi. Oui, je te
verrai en face, et nous saurons
quel est le plus lâche, de l'amant
tendre et délicat ou de l'impudent
qui ose insulter ce qu'il y a de plus
respectable ; et si le sort des armes
trompe mon courage et mon amour,
du moins tu apprendras de mon
Enize que ce n'est pas avec le fer
meurtrier qu'on change un cœur

qui s'est fixé : j'emporterai cette idée consolante ; il ne te restera que la honte et le mépris.

Florimène goûtait une sorte de satisfaction de la vengeance qu'il comptait tirer de l'insolent orgueil de Danicourt. Il hésite quelque temps s'il verra Enize, s'il lui en parlera avant de se rendre au lieu marqué. Il était encore indécis, lorsqu'il reçut un billet conçu en ces termes :

« Monsieur, si je ne consultais que l'usage reçu , je trouverais peut-être qu'il ne me convient pas de vous écrire ; mais je ne consulte que mon cœur, et j'y trouve que je dois m'empresser de détruire une

...

erreur qui pourrait entraîner un homme estimable dans des suites fâcheuses. La grace et le ton de vérité que vous avez mis à défendre un sexe trop long-temps opprimé, m'ont touchée vivement; au point qu'on a pris mon émotion, qui n'était autre chose qu'un élan de reconnaissance, pour un sentiment que je suis obligée de désavouer. Je m'en veux bien, monsieur, d'avoir causé, par mon étourderie, l'évènement qui s'en est suivi. Vous connaissez l'époux que mes parens me destinent; mon cœur est en cela d'accord avec mon devoir. J'ai infiniment d'estime pour vous, monsieur, je m'honore

de la vôtre ; mais c'est uniquement
là que se borne le sentiment que
vous me faites éprouver. »

ENIZE.

Il est difficile de se peindre l'état
de Florimène en lisant ce fatal
billet. Tomber dans son fauteuil,
se relever , errer dans sa chambre , maudire l'ingrate , la perfide,
se rasseoir , rêver , ce fut l'affaire
d'un moment ; puis, comme s'il eût
cru que ses yeux l'avaient trompé ,
il relit encore , et se désespère.

Cependant, Florimène, quoique
jeune et amoureux , pouvait écouter la voix de la raison ; les principes admis dans sa société vinrent
insensiblement à son secours. Après

que les premiers transports furent
passés, la raison lui dit enfin que
si rien au monde ne pouvait l'empêcher d'aimer Enize, rien aussi
ne pouvait forcer Enize à le payer
de retour. Il était bien malheureux,
sans doute; au moment même où
il se croyait aimé d'une maîtresse
adorée, où il était si délicieusement
agité du bonheur de réunir son sort
au sien, il en reçoit le refus le plus
formel; si l'estime de ce qu'on aime
flatte beaucoup un homme sensible
et délicat, ce sentiment suffisait-il
au cœur tendre et brûlant du jeune
Florimèue ? Ce qui affligeait sur-
tout ce généreux amant, c'était
l'idée horrible de la voir bientôt
passer dans les bras d'un homme

qui en était indigne. Il n'ignorait pas que cet homme était bien vu des parens d'Enize ; mais il ne s'était jamais douté qu'elle eût la moindre déférence pour lui , et il avait osé se flatter que la famille de sa maîtresse ne serait ni assez barbare ni assez injuste pour l'unir au sort d'un homme qu'elle n'aimait point. L'illusion était détruite, son malheur était certain ; il n'envisagea plus le lieu du rendez-vous que comme le terme de ses maux , et il l'attendit avec un affreux plaisir. Il écrivit ensuite à Enize ce peu de lignes :

« Belle Enize , mon bonheur était trop grand pour qu'il fût durable; l'illusion cesse peût-être trop

tard... Tant que mon cœur battra,
il sera sensible à votre estime :
heureux, si ce sentiment eût pu
lui suffire... Puisse celui que le
vôtre s'est choisi en connaître tout
le prix, et se rendre digne de vous!
c'est le dernier vœu du malheureux

FLORIMÈNE ».

Enize attendait avec impatience
le résultat de sa lettre ; elle l'avait
écrite de concert avec sa fidelle
amie, pour éprouver Florimène.
Qu'on juge de sa joie à la première
lecture de ce billet ! O ma chère
Adèle, s'écria cette tendre amante,
quelle différence de Florimène à
Danicourt ! quelle délicatesse,
quelle générosité ! il oublie jus-

qu'aux maux que je lui fais souffrir;
et sans se répandre en invectives
contre un rival qu'il devrait détester, ses derniers vœux sont pour
mon bonheur. Que je me félicite,
que je m'honore du choix que mon
cœur a fait ! oui, je m'enorgueillis
d'être l'amante de Florimène.

Le billet fut lu et relu, Adèle fut
embrassée plus d'une fois; plaisir
trop court, hélas ! ces premiers mouvemens vont faire place à un sentiment bien pénible. Florimène
désolé, au désespoir, se présenta
bientôt à l'imagination alarmée de
la tendre Enize. *L'illusion cesse
peut-être trop tard* !... O mon
amie, s'écria-t-elle, ces paroles
retentissent jusqu'au fond de mon

ame; elles couvrent d'amertume tout l'excès de mon bonheur. Je ne sais quel pressentiment m'agite ; mais si j'en croyais mon cœur, j'irais... j'irais de suite désabuser cet amant vertueux que je viens d'affliger. Je lui dirais... hélas ! oserais-je!.. je ne le puis... je ne le dois... C'est encore là un préjugé sans doute ; mais je n'ai pas la force de le franchir : je sens au dedans de moi-même quelque chose qui me dit de le respecter. J'ai pourtant fait la faute ; pourquoi ne la réparerais-je pas. O ma chère Adèle ! dis-moi, mon amie, dis-moi ce qu'il faut qu je fasse.

La bonne Adèle était trop at tachée aux deux amans pour n'êtr

pa

pas vivement touchée de leur situation respective ; c'était elle d'ailleurs qui , par amitié pour Enize ,
lui avait conseillé la démarche dont
elle se plaignait : elle essuya les
larmes de son amie , pleura avec
elle , lui fit sentir qu'il serait indis-
cret qu'elle se rendît elle-même
chez Florimène , qu'elle donnerait
par là à son amant un plus fort
témoignage d'amour qu'elle n'en
avait reçu. C'est moi , dit-elle , qui
suis cause de vos chagrins ; c'est
moi qui dois les réparer.

On fait souvent pour ses amis
ce qu'on n'oserait faire pour soi-
même. Adèle se rendit donc chez
Florimène pour ménager aux deux
amans une entrevue qui dissipât

les alarmes de son amie sans blesser sa délicatesse : mais la pauvre Adèle fut déçue dans son espoir; Florimène était sorti.

On pense bien que les deux amans passèrent une cruelle nuit. La sensible Enize craignait tout du désespoir de Florimène ; et son imagination trop ardente grossissant le danger, elle pleura amèrement la mort de celui qu'elle croyait déjà précipité dans la nuit éternelle du tombeau. Les qualités de son amant se présentèrent avec plus d'éclat; une si grande perte lui parut irréparable. Son amour prenant alors un caractère violent et prononcé, elle se reprocha cruellement le sort de cet infortuné , et de sinistres

rojets roulèrent dans son imagi-
ation exaltée. C'est ainsi que la
auvre Enize passa les heures con-
acrées au repos.

L'amitié vint heureusement à son
ecours. Adèle n'était pas moins
nquiette sur le sort de son amie
t d'un homme qu'elle estimait ;
a veille , elle avait laissé Enize
ans la plus profonde affliction ,
t ne l'avait quittée qu'à regret.
ès qu'aux premières courses de
'astre du jour les convenances lui
ermirent de sortir , elle vola au-
rès de sa triste compagne pour
ui prodiguer toutes les consola-
ions que son bon cœur put lui
uggérer. Comme elle la trouva
hangée ! Enize n'était plus la

même : ce n'était plus cette amante
timide qui osait à peine begayer
un nom chéri ; c'étaient les transports de l'amour et du désespoir
qui l'agitaient avec la dernière violence. La figure pâle, l'œil en-
flammé, de grosses larmes sillon-
nais de temps en temps ses joues
décolorées. O mon amie, lui dit
la tendre Adèle, pourquoi s'abandonner ainsi à la douleur... L'a tu
vu, repliqua vivement Enize. —
Mon amie, il est encore trop matin ;
je te promets d'y aller dans un instant. — Ah ! il ne sera plus temps,
Adèle. — Mon Enize, si je te suis
encore chère, écoute - moi une
minute ? Pourquoi se livrer ainsi
au désespoir ? pourquoi se créer

des dangers qui , sans doute , n'existent pas? Sois sûre que Florimène ne prendra point un parti si violent , qu'auparavant il n'ait tenté s'il ne lui reste aucun espoir. Je crois bien qu'il partage avec la même violence tes transports et tes peines ; mais serait - il convenable , serait - il prudent de se montrer ainsi à découvert la première. Méfie - toi de ton cœur , ma chère Enize ; il est trop ardent. Crains sur—tout que tes parens ne s'aperçoivent bientôt de ta situation, et n'en devinent la cause ; alors tout serait peut — être perdu pour toi sans ressource. Calme-toi donc , mon amie ; ton intérêt, ton amour même l'exigent.

. . .

C'est ainsi que la bonne Adèle cherchait à consoler, à rassurer sa triste amie; soins inutiles! les douces paroles de l'amitié, ses sages conseils ne purent ramener le calme dans ce cœur transporté d'amour, tourmenté de mille craintes : il fallait la certitude que son amant vivait encore. Adèle craignant les suites de cet état alarmant, se décida donc, quoique le soleil eût à peine parcouru quelques degrés de sa carrière, à se rendre chez Florimène.

L'infortuné n'y était plus : il avait passé une nuit presqu'aussi orageuse que celle de son amante; et s'il avait joui de quelques instans de calme, c'était le calme de la mort. Pourquoi faut-il que, lors même qu'on s'aime bien, que deux cœurs sont entraînés l'un vers l'autre, on se cause mutuellement tant de peines et de chagrin? est-ce encore un des traits perfides de cet indéfinissable amour ? Florimène allait se battre pour une femme dont il croyait n'être pas aimé, contre un rival méprisable, préféré, et qui cependant l'accusait d'avoir touché le cœur de celle-qui le niait positivement; que devait-il faire ? Fallait-il tout déclarer à Danicourt? ce fat l'eût peut-être pris pour un lâche. Fallait-il avant tout parler à Enize? mais il lui avait écrit, et il n'en avait plus reçu de nouvelles. Son malheur était cer-

tain, et il l'adorait; comment supporter la vie, comment voir avec
indifférence une union dont l'idée
seule le faisait tressaillir d'horreur.
Non, sans doute, il ne le pouvait
pas; la mort était le seule azile qui
restait à son repos, et il l'envisa-
geait alors d'un œil serein. Telles
furent les tristes et cruelles réflexions que Florimène fit toute la
nuit, sans qu'il lui fût possible de
goûter, un moment, les douceurs
du sommeil : le tendre duvet ne
paraissait plus lui offrir que des
épines; aucune situation ne lui était
supportable; et à peine les premiers
rayons de l'aurore commencèrent
à poindre, qu'il sortit d'un air égaré
sans savoir où il portait ses pas.

Adèle passa comme par hasard
devant la maison de Florimène,
et eut le bonheur de faire rencontre
d'une vieille gouvernante de la
maison, fort attachée à son maître.
Cette bonne femme lui conta que
Florimène avait été la veille dans
la plus grande tristesse ; qu'appa-
remment il n'avait pas pu bien
dormir, et qu'il était sorti dès la
pointe du jour, sans doute pour
respirer l'air frais.

Si les propos de cette vieille
femme ne rassurèrent pas entièrement l'amie d'Enize, du moins elle
fut moins inquiette ; elle revole
aussitôt chez cette intéressante af-
fligée. — Rien n'est encore désespéré, ma chère Enize. Je n'ai point

trouvé Florimène, il est vrai ; mais
Annette m'a dit qu'il ne venait que
de sortir pour aller prendre l'air
du matin. Nous allons faire aussi
un petit tour de promenade ; il nous
rencontrera peut-être, et je pense
qu'il aura envie de nous parler :
si cependant, il paraissait vouloir
nous éviter, je chercherai alors le
moyen de lier la conversation.

On se figure aisément l'excès de
joie qu'éprouva la tendre Enize,
en apprenant que son amant vivait
encore. Elle sauta au cou de son
amie, et de douces larmes succédèrent aux pleurs amers qui venaient de baigner le chevet de son
lit. Les doux rayons de l'espérance
et quelques restes d'inquiétude

donnèrent à sa jolie figure cette
teinte de mélancolie qui émeut avec
tant de pouvoir l'homme sensible
et délicat. Elle se leva précipitamment, et sortit avec son amie dans
un négligé qui avait bien plus de
charmes que la brillante parure de
nos élégantes du jour.

Après s'être promenées quelques
temps au hasard sans rencontrer
Florimène, nos deux amies portèrent insensiblement leurs pas vers
le charmant bosquet qui avait été
la veille le théâtre de l'entretien
dont les suites avaient causé tant d'a-
larmes. Sans doute que Florimène
y avait été aussi, sans doute qu'il
venait d'y gémir sur son sort. Enize
aperçoit la première un billet; elle

le ramasse avec précipitation : c'é-
tait le cartel que Danicourt avait
envoyé le jour précédent à son rival.
Dans toute autre circonstance ce
fatal billet eût fait perdre connaissance à la tendre Enize ; dans ce
moment il la rassura : elle ne songea
plus qu'à prévenir les suites funestes
d'un rendez-vous où le désespoir
de Florimène pourrait le livrer au
fer homicide d'un rival furieux. Ses
craintes étaient d'autant plus fon-
dées que ce billet expliquait clai-
rement les terribles passages de la
réponse de Florimène, et sur-tout
la phrase qui l'avaient tant ef-
frayée.

Danicourt lui était devenu odieux
depuis l'évènement survenu au petit
comité ;

comité; mais qu'il lui parut alors
vil et méprisable ! L'insolence de
cet homme l'étouffait de fureur et
d'indignation, et son premier mouvement fut d'aller prouver à cet
orgueilleux que ce qu'il voulait bien
appeler des poupées, savait quelquefois réprimer les impertinences d'un
fat et d'un arrogant : Adèle, plus
prudente, l'en détourna.

Cependant l'heure marquée pour
le rendez-vous approchait, et il
fallait viser aux moyens d'empêcher ce funeste combat. Adèle et
Enize se décidèrent à se rendre dans
la plaine des Bergers, pour dé-
tourner les deux rivaux de l'exé-
cution de leur projet, ou du moins
pour prévenir et encourager Flo-

rimène. Cette plaine était éloignée
d'environ une demi-lieue. Nos deux
amies ne marchèrent pas, elles vo-
lèrent. Comme le cœur de la pauvre
Enize palpitait en approchant de ce
lieu ! comme ses yeux inquiets
cherchaient déjà de loin à découvrir
son amant ! L'espérance et la crainte
l'agitaient tour à tour.

Elles arrivent ; les deux com-
battans étaient déjà aux prises ;
Enize jette un cri. Florimène reconnaît cette voix chérie, se retourne, et le lâche Danicourt le
frappe d'un coup d'épée. Enize voit
tomber son amant, Enize tombe
sans connaissance. Que fera la
bonne Adèle ? ira-t-elle au secours
de Florimène mourant, abandon-

nera-t-elle son amie ? elle crut
obliger l'amante que de s'assurer,
avant tout, de la situation de l'a-
mant, et cette idée fut heureuse.
La fureur de Danicourt ne lui avait
pas permis de porter un coup sûr
à son rival ; Florimène n'était que
légèrement blessé. Adèle transportée
de joie revole vers son amie qui
commençait à revenir de son éva-
nouissement , lui apprend cette
heureuse nouvelle , lui prodigue
ses soins, et la conduit bientôt auprès du blessé chéri. Le fer meurtrier n'avait porté que sur une côte ;
et la situation du cœur de Florimène
avait bien plus contribué à sa chûte
que le coup perfide de son adver-
saire. Jamais blessure ne devint plus

douce. Aux craintes, à la pâleur, à l'empressement d'Enize, Florimène vit combien il était aimé, et ce jour lui parut encore plus beau que celui où les mains deux amans avaient si vivement exprimé leur émotion mutuelle. Si le sang qui coulait de la blessure était précieux pour Enize, que la main qui l'étanchait avec tant de soin était chère à l'heureux Florimène! Ce mouchoir sur-tout teint du sang qu'il arrêtait, était un trésor pour lui: il se proposait de le baiser plus d'une fois; il le regarda comme un monument éternel de son bonheur. La bonne Adèle, aussi empressée que son amie à secourir Florimène, éprouvait une satisfac-

tion indicible à jouir de la félicité
mutuelle des deux amans.

Aux soins, et aux transports
succédèrent enfin les explications :
elles ne furent pas longues ; les
peines étaient déjà oubliées, et l'on
ne se souvenait plus que de la ferme
résolution de s'aimer toujours. On
s'occupa aussi des moyens d'ap-
planir les obstacles qui s'opposaient
au dernier des vœux. Parmi ces
obstacles ils en virent un grand dans
les poursuites odieuses du furieux
Danicourt. Ce souvenir réveilla leur
haine pour cet homme méprisable.
Adèle sur-tout ne pouvait le supporter depuis la lecture de son billet
impertinent, et la lâche perfidie dont
il avait usé dans son combat avec

Florimène ; cependant cette généreuse amie voulut encore tenter
pour sa chère Enize un effort dont
elle n'eût pas été capable pour elle-
même.

Lorsqu'on se fut séparé, elle se
rendit donc chez Danicourt sans
en rien communiqner à personne.
Elle lui représenta avec tout le zèle
que l'amitié peut inspirer combien
seraient infructueux les efforts qu'il
ferait pour obtenir la main d'E-
nize. « Je n'ignore pas, dit-elle,
que vous aurez l'aveu de ses parens ;
mais ce consentement, dicté par l'intérêt, peut - il suffire à un grand
cœur. Enize en aime un autre,
Enize l'aimait avant de connaître
vos sentimens ; pouvez-vous lui en

faire un crime? pourriez-vous la
forcer à accepter la main d'un
homme que cette démarche ferait
détester, d'un homme qu'elle re-
garderait comme son tyran? Je con-
nais Enize; cette violence la porterait aux dernières extrémités, et
vous auriez fait deux malheureux
sans avoir rien ajouté à votre bonheur. Soyez plus généreux, Danicourt; renoncez à un projet qui
deviendrait funeste, et devenez
l'ami de celle dont vous ne pouvez
être l'amant. »

Ainsi parlait Adèle pour toucher
ce cœur altier et féroce. Vaines
tentatives! Danicourt n'éprouva
que le regret de n'avoir pas tué
Florimène; il croyait l'avoir laissé

expirant, et lorsqu'Adèle entra il
faisait ses préparatifs pour disposer
sa fuite en attendant qu'il put obtenir sa grace. Voyant son horrible
plan dérangé, il changea ses bat-
teries, et se contenta de dire à
Adèle qu'il ne connaissait d'autre
vertu dans une femme qu'une
obéissance aveugle aux volontés de
ses parens ou de son mari. Tout
le fruit que l'amie d'Enize put
retirer de cet entretien, ne fut
donc qu'une connaissance plus ap-
profondie du caractère méchant et
immoral de cet homme: elle ne crut
pas devoir affliger cette tendre
amante en lui annonçant une démarche qui n'avait produit aucun
heureux succès.

Ce soir la petite assemblée devait encore avoir lieu. Adèle apprend que Danicourt s'y est rendu sur les six heures. Elle ne doute pas que ce fourbe ne profite de l'absence de Florimène et d'Enize qui n'eut pas la force de s'y rendre ce jour là, pour accuser ces deux amans, et reverser sur son rival tout l'odieux de sa propre conduite. Cette fidelle et zélée amie s'y transporte aussitôt.

Elle ne s'était point trompée; Danicourt déclamait déjà contre ce qu'il appelait l'inconstance d'Enize et la perfidie de Florimène. Ce dernier, contre les règles de la société, avait séduit sa maîtresse, avait abusé de la jeunesse et de l'inexpérience d'Enize, et était enfin parvenu, à force d'intrigues, à lui enlever le cœur d'une femme qu'il aimait long-temps avant lui, dont il était aimé, et qui devait un jour lui donner sa main. Il ajouta qu'indigné de tant de perfidie, il avait voulu tirer vengeance d'un si lâche attentat, qu'il s'était cependant contenté de punir le téméraire d'une légère blessure, et que pour prix de sa générosité, Florimène faisait méchamment courir le bruit qu'il l'avait voulu assassiner. « Hier encore, continua-t-il d'un ton animé, Enize faisant un heureux retour sur elle-même, balançait en ma faveur, lorsque cet indigne séducteur met-

tant à profit sa blessure et le men-
songe atroce dont je viens de vous
parler, a su adroitement intéresser
pour lui un cœur pur et sensible. »
Il tire alors de sa poche et lit tout
haut le billet qu'Enize avait écrit
à Florimène, lorsqu'elle voulut
l'éprouver ; et il demande que son
rival soit rayé de la liste d'affilia-
tion, comme ayant violé les plus
beaux statuts d'une société dont il
se disait un des plus zélés partisans.

Florimène était beaucoup aimé
du petit comité : on n'avait d'abord
ajouté aucune foi à la plupart des
faits allégués par Danicourt, on
avait douté des autres ; mais la
lecture de ce billet fit une profonde
impression sur tous les esprits, en

même temps qu'elle eut lieu d'é-
tonner. Adèle, qui jusques là avait
eu de la peine à contenir son indignation , en fut comme fou-
droyée ; elle ne pouvait se figurer
comment le hasard avait pu si bien
servir ce fourbe adroit et impudent.
Cependant, reprenant bientôt ses
esprits, elle lui demande de qui
il tient ce billet. — Je l'ai trouvé,
répondit-il , et je compte bien en
faire usage.

Adèle faisant alors un effort sur
elle-même pour ne point sortir des
bornes de la modération , se lève et
continue : « Je ne chercherai point
en ce moment à approfondir cet
heureux hasard qui a fait tomber
le billet d'Enize entre les mains
de

de Danicourt : il est possible que
Florimène qui, dans une journée,
a vu tant de malheurs se réunir
sur lui, l'ait égaré pendant un de
ces accès douloureux qui absor-
baient son esprit ; le temps, ce
grand maître, nous l'apprendra tôt
ou tard: mais ce qui a lieu de me sur-
prendre, c'est que Danicourt ait osé
paraître ici, et prendre pour sa défense des armes qu'il n'ignorait pas
qu'on tournerait contre lui-même.
C'est vous, vous seul, Danicourt,
qui avez violé, méprisé les statuts
de cette assemblée, et ce qu'il devrait y avoir de plus sacré dans
la nature ; c'est vous qui avez foulé
aux pieds l'honneur et les sentimens les plus respectables, pour
venger votre amour-propre blessé.

Ce billet que vous citez avec tant
d'assurance, c'est moi qui l'ai dicté
à Enize, et ce sont vos déporte-
mens d'hier qui en furent cause :
nous avons voulu savoir si Florimène était capable des mêmes
excès ; mon amie a voulu éprouver
s'il était digne de son estime et de
tout son attachement. »

Adèle lit ensuite la réponse de
cet estimable jeune homme, et
met sous les yeux de l'assemblée
le cartel insolent de Danicourt. Elle
raconte la manière lâche et perfide
dont il avait voulu immoler Florimène, qui faillit être victime
de son grand amour pour Enize ;
elle peint avec tant de graces et
de sensibilité la situation des deux
amans dans ce moment funeste,

que l'assemblée en fut émue jusqu'aux larmes, et manisfesta hautement son indignation contre les procédés odieux de Danicourt.

« Aviez-vous donc cru, ajouta vivement Adèle, aviez-vous cru, ô le plus insensé des hommes ! que vous gagneriez le cœur d'Enize, en immolant un homme qu'elle avait droit d'estimer et de chérir. Et vous venez nous parler de votre amour ! est-il jamais entré dans votre cœur, ce sentiment tendre, délicat et généreux ? Votre amour à vous est cet instinct féroce qui ne cherche que la possession de ce qu'il desire, n'importe à quel prix. Les femmes ne sont à vos yeux que des poupées qui doivent appartenir au plus fort ou au plus

offrant. Homme vain et orgueilleux ! vous voulez plus , vous
voulez commander jusqu'à nos
sentimens ; comme si la haine ,
l'affection ou l'indifférence dépen-
daient de nous , comme si toutes
nos affections ne prenaient leur
source dans l'ordre secret et im-
muable de la nature , comme si
nous pouvions être ce qu'elle n'a
pas voulu que nous soyons. Puis-je
aimer le crime , quand le crime
me révolte ! Qu'avez – vous fait ,
Danicourt , pour mériter la tendresse d'Enize ? a – t – on jamais
remarqué en vous ces égards et ces
petits soins qui caractérisent le véritable amant ? A peine aviez-vous
daigné jusqu'à présent l'honorer
de vos regards. La basse jalousie,

fille de l'orgueil et de la faiblesse,
a seule donné naissance à la funeste passion qui vous tourmente
aujourd'hui. Vous vous prévalez
de vos grandes richesses et de la
considération dont vous jouissez
auprès de ses parens. Il est bien
doux, sans doute, pour une fille
vertueuse de pouvoir allier les intérêts de son cœur avec les intentions
de sa famille ; mais est-il une
puissance au monde qui puisse
l'empêcher d'aimer celui qu'elle
croit digne de son estime et de sa
tendresse. Croyez-vous donc qu'une
femme s'achète comme une esclave ?
votre fortune, Danicourt, pourra
éblouir un moment les parens d'E-
nize, mais ils ne consentiront jamais à devenir ses bourreaux ; et

• • •

vous ne retirerez de toutes vos démarches odieuses que la honte et
le mépris. »

Ainsi parla l'amie d'Enize. Le
cœur aussi a son éloquence : Adèle
mit tant de franchise dans l'expo-
sition des faits, tant de sensibilité
dans le ton, tant de chaleur dans
les élans de l'amitié, que l'assemblée prit unanimement Enize et
Florimène sous sa protection, s'en-
gagea à faire les démarches les plus
pressantes pour accélérer leur bonheur, déclara Danicourt indigne
de siéger dans une société dont il
méprisait les principes et violait
avec tant d'impudeur les plus beaux
statuts, et le fit rayer du tableau.

Danicourt fut donc obligé de se
retirer; mais il n'en conçut que de

plus grands projets de vengeance. Adèle, au sortir du petit comité, fut trouver son amie pour lui faire le récit de ce qui s'était passé. Il y avait à peine une demi-heure qu'elles s'entretenaient ensemble, lorsqu'on vint dire à Enize que son père desirait lui parler. Le premier mouvement d'Enize fut la crainte que la véritable cause de l'évènement du matin ne fût parvenue à la connaissance de sa famille ; elle se rendit toute tremblante auprès de l'auteur de ses jours. Ma fille, lui dit son père, un jeune homme qui jouit d'une grande fortune et d'une haute considération, est venu demander votre main ; c'est M. Danicourt : il a en outre de l'esprit et de la figure. Je serais fâché, ma chère

Enize, de te contraindre dans ton choix ; mais je t'avoue que cette alliance me ferait plaisir , et je serais flatté de te voir accueillir favorablement cette proposition.

Cette nouvelle si peu attendue en ce moment attéra la pauvre Enize : elle balbutia d'abord quelques mots d'obéissance ; mais l'image de Florimène désespéré rappelant bientôt son courage et sa promesse , elle ajouta : « Mais , mon père , est-ce assez pour être heureux, que la fortune, de l'esprit et une belle figure ; je vous ai entendu dire souvent qu'un bon caractère et des mœurs étaient ce qu'il y avait de plus précieux dans un ménage. Je suis encore bien jeune, mon père; je vous conjure ,

au nom des bontés que vous avez
toujours eues pour votre fille, de
m'accorder quelque temps pour
réfléchir sur ce mariage ».

M. Mison aimait beaucoup sa
fille ; quoiqu'un peu entier dans
ses résolutions, il trouva sa demande
raisonnable, et lui accorda quelques jours. Enize, presqu'aussi con-
tente que si le projet eût entièrement échoué , fut se jeter dans
les bras de son amie, et lui demander
des conseils pour aviser aux moyens
de parer ce coup terrible.

Danicourt s'attendait bien que
sa démarche aurait peu de succès ;
impatient cependant de connaître
la réponse d'Enize , il retourne
bientôt chez elle. A peine le père
la lui eut - il communiquée, et

ajouté qu'il n'avait pas lui-même
désapprouvé une chose qui lui paraissait si juste, que ce fourbe,
jouant le désespéré : c'est un piège,
dit-il, qu'on a tendu à votre bonté;
vous ne connaissez pas, monsieur,
tout mon malheur. Enize aime
Florimène; cet hypocrite a trouvé
l'art de la séduire : il est appuyé
par une société dangereuse qui
ravale l'homme au dessous de la
bête, et dont les principes funestes
ne tendent à rien moins qu'à boule-
verser l'ordre établi. J'espère que
cette assemblée ne subsistera pas
long-temps; j'ai écrit en consé-
quence au ministre, et à des amis
puissans qui ont accès auprès de
lui. Quant à Florimène, je l'ai puni
hier de sa témérité; j'ai cependant

bien voulu lui laisser la vie , et
pour prix de ma générosité l'ingrat publie par-tout contre moi la
calomnie la plus outrageante. Enize
vous a demandé du temps , monsieur ; ce n'est que pour mieux
résister à vos volontés : souvenez-
vous qu'un père trop indulgent se
repent tôt ou tard de sa faiblesse.

Ce discours remplit d'étonnement et de fureur le père d'Enize ;
il fait venir sa fille , l'accable de
reproches, et lui ordonne d'accepter
sans différer le parti avantageux qui
se présentait. Le véritable amour
élève l'ame et donne du courage ;
la tendre Enize , sans manquer
de respect à l'auteur de ses jours,
opposa de la résistance en propor-
tion de la violence qu'on vou-

lait lui faire. Son père irrité d'un
refus si formel , la menaça de
toute son indignation , lui défendit non seulement de fréquenter
dorénavant sa société , mais même
de sortir de la maison jusqu'à nouvel
ordre ; et la triste Enize alla exaler
sa douleur au fond de son apparte-
ment.

Voilà donc encore une cruelle
nuit à passer pour la pauvre Enize !
Amour , amour , tu as des momens
bien délicieux; mais , hélas ! que
tu les fais payer chèrement ! tes
charmes ne sont que des fleurs
hérissées d'épines. Enize a passé
la dernière nuit dans les plus cruelles
alarmes ; Enize ce matin pleurait
son amant, et ne comptait pas sur-
vivre à sa perte ; le milieu du jour

a

a vu le bonheur lui sourire; à son déclin de nouvelles angoisses l'assiègent, et son lit sera encore le théâtre de ses douleurs et de ses larmes.

Dès les premiers rayons de l'aurore Enize écrivit à sa fidelle amie pour l'instruire de ce qui venait de se passer, et la pria de se rendre le plus secrètement auprès d'elle pour ne point prêter aux soupçons, en ajoutant néanmoins qu'elle ne pensait pas que son père la crût dans la confidence intime de ses amours. Elle là conjura d'aller voir Florimène, de l'instruire de tout, et de lui donner le billet inséré dans sa lettre, conçu en ces termes :

« Florimène, notre malheur est à son comble; mon père sait tout. Le farouche Danicourt n'aban-

donne point sa proie; il veut absolument que je sois son esclave,
et il a lâchement calomnié le plus
vertueux des hommes. Il a fallu
tout mon amour pour résister aux
menaces d'un père irrité; j'ai tout
à craindre de son ressentiment.
Adieu, cher Florimène, vous ver-
rez notre amie commune; je suis
moins à plaindre quand je pense
qu'il reste encore les douces consolations de l'amour et de l'amitié
à la malheureuse ENIZE ».

Florimène devint furieux en ap-
apprenant ces funestes détails. La
rage et la vengeance éclataient dans
ses yeux. En vain, pour le détour-
ner de ce projet, la bonne Adèle
employa tout ce que l'amitié peut
suggérer de persuasif; le succès n'en

était dû qu'à l'amour. Florimène
ne respirant donc plus qu'après le
moment où sa blessure pourrait lui
permettre d'aller trouver ce rival
odieux, écrivit à Enize :

« Que ne vous dois-je pas, ado-
rable et généreuse Enize ! je cause,
hélas ! toutes vos peines, et il n'est
point de sacrifices que vous ne fas-
siez pour moi. Oui, mon Enize,
l'amour viendra à votre secours ; je
vous jure que dans peu vous n'aurez
rien à redouter des poursuites dé-
testables du fourbe Danicourt ; et
tant qu'il y aura une goutte de sang
dans mes veines, elle coulera pour
la défense d'une amante qui a tant
de droits sur mon cœur, et sans
laquelle il n'est plus de bonheur
pour FLORIMÈNE. »

S'adressant ensuite à Adèle, « ô
la meilleure des amies, lui dit-il,
volez auprès de la triste Enize;
prodiguez-lui tous les soins, tous
les secours de l'amitié; dites-lui
bien que Florimène lui est attaché
à la vie et à la mort, et qu'il n'est
rien qu'il ne fasse pour adoucir son
sort et faire cesser ses malheurs ».

Qu'il fut doux pour Enize, le
moment où elle put se jeter au cou
de son amie et mêler ses larmes
avec les siennes ! avec quelle avidité elle lut les caractères chéris
de son amant, et quel frémissement
n'éprouva-t-elle pas lorsqu'elle ap-
prit son funeste dessein. Non, mon
amie, dit-elle, il ne se battra
point ; je vais lui écrire, je lui
dirai que je ne le veux pas ; et,

s'il me désobéit, je dirai qu'il ne m'aime plus. Aussi-tôt elle trace à la hâte les lignes suivantes :

« Pensez-vous bien, Florimène, à ce que vous allez faire. Vous voulez me venger, dites-vous ; je n'ai qu'un mot à vous dire : que deviendra la malheureuse Enize, si vous succombez sous les coups de ce traître ; et si la justice divine seconde votre bras, que deviendra encore la pauvre Enize? Danicourt a des amis puissans, vous serez obligé de vous exiler dans une terre étrangère pour vous soustraire à la sévérité des lois. Ainsi donc, quelle que soit l'issue de ce funeste combat, il ne me restera que le désespoir et la mort. Non, mon cher Florimène, vous ne m'abandon-

...

nerez pas ainsi; vous ferez le sa-
crifice généreux d'un si juste ressentiment. Dans ma triste situation,
je n'ai au monde que mon Adèle et
vous pour appui : cette tendre amie
a tout fait pour nous, j'ai tout
bravé pour vous; et vous seriez
insensible aux cris de l'amour et
de l'amitié, et vous pourriez livrer
au désespoir une amie et une
amante désolées! O mon ami, si
vous persistiez dans ce cruel dessein, je dirais que vous n'aimez
plus la tendre ENIZE. »

Il fallait toute l'éloquence du
sentiment pour arrêter la vengeance
de Florimène. L'amour obtint enfin
ce que n'avait pu faire la seule
amitié. Les volontés d'Enize seront
toujours sacrées pour moi, dit-il :

mais comment supporter l'idée de
la savoir captive ! l'existence de
celui qui cause ses maux est un
reproche continuel fait à son amant.

Cependant le père d'Enize per-
sistait toujours dans son dessein et
et ses rigueurs. En vain plusieurs
personnes recommandables de la
société intercédèrent ou firent in-
tercéder pour ces deux amans ; il
fut inexorable : ce père prévenu
ne voyait plus que par les yeux de
Danicourt, et il haïssait déjà autant
que lui ce petit club. Presque toujours les obstacles irritent et enflam-
ment les desirs. Plus M. Mison
parut inébranlable, plus l'amour
de nos jeunes gens devint impétueux et actif ; et le moment vint
où ils éprouvèrent un violent besoin

de se le dire, où ils ne purent plus vivre sans se voir.

Un procès conséquent et à la veille de se terminer, ayant forcé M. Mison de s'absenter pour deux jours, l'occasion était trop favorable pour qu'on n'en profitât point. Depuis deux ans, Enize avait eu le malheur de perdre sa mère, et sa femme-de-chambre était dans la confidence de ses amours : il fut donc décidé qu'aux derniers rayons du jour on se verrait dans le jardin. Je n'ai pas besoin de dire à ceux qui connaissent l'amour combien de fois la montre fut consultée, combien la course du soleil parut lente; et ceux qui n'ont pas encore aimé, l'apprendront mieux tôt ou tard que je ne pourrais le dépeindre.

L'astre du jour dorait encore le sommet des montagnes. Quand Enize descendit toute tremblante dans le jardin, comme pour y respirer la fraîcheur du soir. Des larmes coulèrent de ses joues, effet singulier, mais qui a bien ses charmes, de la situation d'un cœur né vertueux qui se trouve partagé entre l'attente d'un plaisir et la crainte d'une démarche indiscrète. Après quelques tours de promenade elle fut enfin s'asseoir sous le berceau convenu, azile funeste qui sera bientôt le témoin d'un bonheur bien grand sans doute, mais qui fut la source des plus grands malheurs dont cette amante infortunée fut accablée dans la suite. Le cœur serré de crainte, agité par le plaisir, elle attendait, d'un air pensif, sur un siège de verdure, l'amant dont elle accusait déjà la lenteur, en même-temps qu'elle en redoutait l'arrivée. Mais l'impatient Flori-mène est bientôt à ses genoux ; déjà ses lèvres brûlantes impriment des baisers de feu sur une main que la trop sensible Enize n'avait pas la force de retirer. Les deux amans avaient bien des choses à se dire, et c'était l'objet de leur rendez-vous ; mais que dire dans un moment où toute la nature était muette, et commandait un respectueux silence. Les tendres oiseaux avaient suspendu leur ramage ; zéphire ne se jouait plus, et paraissait mollement reposer sur les fleurs ; le berger avait cessé de chanter sa maîtresse,

qui peut — être couronnáit son
amour ; des milliers de globes
brillans versaient de la voûte azurée
une lumière douce et pure ; et
Phébé , a travers les feuillages ,
roulant furtivement ses flots ar-
gentins sur la tendre Enize , semblait rendre à la fois hommage à
ses charmes et à sa pudeur : l'univers était comme plongé dans une
douce mélancolie. Ce sentiment
émut , embrâsa nos deux amans ;
leur bouche amoureuse ne cueillit
plus que des baisers enflammés :
le cœur seul parlait , mais qu'il
fut éloquent ! une mer de feu pé-
nètre leur sens , les dévore , les con-
sume , et l'ardente Enize succombe
bientôt sous l'excès de sa flamme ,
et tombe de langueur ; l'impétueux

Florimène la suit pour respirer ses
derniers soupirs.... leurs ames se
confondent , et la nature entière
disparaît à leur yeux....

Mais, ô combien elle fut plus
belle , lorsqu'ils se rouvrirent à la
lumière....! Tout, autour d'eux,
avait pris une forme plus gracieuse
et plus touchante, tout parlait l'em-
preinte du délicieux sentiment
qu'ils éprouvaient; car quand on
s'aime bien , le cœur jouit long-
temps après que les sens ont été
satisfaits , et cette jouissance a bien
des charmes, quoiqu'elle soit moins
vive. Enize et Florimène en étaient
à ces doux épanchemens , à ces
tendres entretiens qui suivent ce
moment, le plus beau de la vie,
lorsque la femme — de — chambre
vint

vint avertir qu'il était temps de se séparer. Ils commençaient à peine à discuter sérieusement leurs petits intérêts ; il fallut bien se promettre de revenir le lendemain à la même heure. Malheureux amans! de long-temps vous ne vous reverrez ; le lit de mort, hélas! doit être votre second et dernier rendez-vous.

M. Enize arrive le lendemain avant la fin du jour ; sa fille court l'embrasser : en l'abordant, elle lit son arrêt dans les yeux enflammés de son père ; elle reste tremblante et interdite. Ma fille, lui dit – il d'un ton sévère et dur, retirez – vous de ma présence, et préparez-vous à partir demain pour un couvent. Enize, sans avoir la force de proférer un seule parole, se retira tristement dans sa chambre.

Quelle différence de cette nuit à celle qui avait précédé ! l'une avait été consacrée au plus doux souvenirs, celle-ci ne le fut qu'aux larmes et au désespoir. Cependant Enize n'avait pas dormi de quatre jours, ses yeux se fermèrent enfin de lassitude, et elle eut quelques instans d'un sommeil dur, pénible et interrompu.

A la première lueur du jour elle écrivit à la hâte un billet à sa chère Adèle pour lui apprendre tout l'affreux de sa sfuation, y ajoute deux mots pour son amant qu'elle cherche à consoler, et remet ce billet à sa femme-de-chambre en la conjurant de le faire passer au plutôt à son amie et de l'instruire

du lieu de sa retraite qu'elle ignorait encore. Malgré les symptômes
d'une fièvre qui la brûlait déjà, son
père inexorable la fit partir, sur
les neuf heures du matin, pour le
couvent des Ursulines situé à B...

Adèle et Florimène, au désespoir d'apprendre cette funeste nouvelle, ne savaient quel parti prendre
pour adoucir le sort de l'infortunée
Enize. Ils ne doutaient point que
ce ne fût encore un coup du perfide Danicourt. Cet homme dangereusement puissant, et qui venait
d'obtenir ce jour même la dissolu-
tion du petit club galant, comme
attentatoire aux loix établies, pouvait bien avoir appris, à force
d'argent, l'entretien d'Enize et de
Florimène, et avoir porté le père

de cette amante à des mesures aussi
sévères. Si Florimène n'avait con-
sulté que le premier mouvement
de son cœur, il eût de suite tiré
vengeance de tant d'attentats ; mais
il était retenu par la parole qu'il
avait donnée à son amie, et il crai-
gnit, en y manquant, de l'offenser,
et de lui attirer de plus grands
malheurs. Adèle, la plus cons-
tante et la plus fidelle des amies,
conçut un projet bien digne de sa
générosité. Adèle était libre, Adèle
n'avait qu'un frère dont elle était
autant l'amie que la sœur ; elle lui
confia son dessein, le pria de répandre le bruit qu'elle avait été
dans une province éloignée voir un
de leurs parens, et se rendit secrètement auprès de sa chère Enize.

Jamais présence ne fut plus nécessaire pour soutenir la santé chan-
celante de cette intéressante victime
de l'amour. Que de larmes furent
répandues de part et d'autres ! la
pauvre Enize en versa tant dans
le sein de son amie qu'elle se sentit
soulagée. Combien de fois elle se
fit répéter jusqu'aux moindres détails qui concernaient son amant,
et chaque fois de nouveaux pleurs
sillonnèrent ses joues de lis. Insensiblement sa santé se rétablit ; mais
ce qui y contribua sur-tout, c'é-
tait de recevoir des nouvelles de
Florimène. Il était convenu avec
Adèle que ses lettres lui seraient
adressées dans celles de son frère ,
et elle avait en même temps changé
de nom , de sorte qu'il n'était

guère possible au père d'Enize de découvrir ce petit stratagème.

L'amitié avait tant fait qu'Enize était heureuse autant qu'on peut l'être quand on est éloigné de ce qu'on aime. Des symptômes évidens venaient de lui prouver, il est vrai, qu'elle serait mère un jour; mais cette idée, loin de l'affliger, rassura cette tendre amante: elle se flattait que son état déciderait son père en faveur de Florimène. Sans doute qu'elle n'eût pas été déçue dans son espoir; mais, hélas! il est une fatalité que tous les efforts humains ne peuvent prévoir ni arrêter. Enize devait boire jusqu'à la lie le calice amer de l'amour; et tout sembla se réunir pour combler ses maux.

Au bout de quelque temps Adèle fut obligée de se rendre dans sa famille pour donner ses soins à son frère qui venait de tomber dangereusement malade, et Florimène se trouvait alors au P... du C... pour le partage d'une succession. Le scélérat Danicourt qui voulait, à quel prix que ce fût, avoir Enize en son pouvoir, mit à profit cette réunion de circonstances pour exécuter le projet infernal qu'il méditait depuis long-temps.

Florimène avait eu le malheur de donner sa confiance à un italien nommé *Merini*, qu'il avait depuis quelque temps à son service. Ce fourbe adroit, bien digne de figurer avec l'infâme Danicourt, lui était entièrement vendu. C'était lui qui

ayant trouvé la lettre d'Enize sur
le secrétaire de son maître, l'avait
donnée à Danicourt pour en faire
l'usage que nous avons vu ; et
c'est lui qui révéla la retraite d'A-
dèle , et les moyens qu'on em-
ployait pour faire parvenir à Enize
les lettres de son amant.

Danicourt , qui avait d'abord
résolu de profiter de cette corres-
pondance pour enlever Enize de
vive force , en l'attirant sous un
faux billet de Florimène que devait lui faire Mérini, crut devoir
changer de plan d'après ce nouvel
ordre de choses. Il fut donc infor-
mer M. Mison de la manière dont
on avait trompé sa surveillance ;
il ajouta qu'il fallait profiter de l'absence d'Adèle et de Florimène pour

soustraire Enize à toutes leurs re-
cherches, et que pour ôter jusqu'au
soupçon qu'on allait la transférer
dans un autre couvent, M. Mison
ferait bien de rester, et que lui
Danicourt se chargerait volontiers
de cette commission pour lui faire
plaisir. Ce malheureux père, trop
prévenu en faveur de cet hypocrite,
y consentit d'autant plus facilement
qu'il se trouvait alors surchargé
d'affaires.

Nous avons vu que la femme-
de-chambre d'Enize était dans sa
confidence. Cette fille lui était très-
attachée, et comme elle ne soup-
çonnait rien de bon de la part de
Danicourt, elle cherchait à péné-
trer ses desseins toutes les fois qu'il
venait chez le père de sa maîtresse.

Ayant eu le bonheur d'entendre une
partie de cette conversation, elle
en fit part aussitôt à Adèle. Cette
tendre amie en fut extrêmement
alarmée ; et quoiqu'elle fût bien
loin de penser jusqu'où se porterait
la féroce passion de Danicourt, elle
ne put se défendre d'un frémissement d'horreur en apprenant ce
funeste voyage. Adèle était fort
aimée dans le couvent ; elle écrivit
à la supérieure, en faveur de sa
chère Enize, la lettre la plus touchante que l'amitié ait pu inspirer ;
elle lui représenta fortement le danger qu'il y avait à confier entre les
mains d'un homme audacieux, sans
mœurs et capable de tout, une jeune
demoiselle qu'il persécutait depuis
long – temps avec toute la fureur

d'un tigre, et la conjura dans les
termes les plus pressans d'écrire
aussitôt à M. Mison, que sa fille
ne sortirait du couvent qu'en sa
présence. Adèle y ajouta deux mots
pour son amie, et l'assura qu'un
homme de confiance suivrait toutes
les démarches de Danicourt, et
qu'il était impossible que la retraite
de sa chère Enize lui demeurât in-
connue.

La lettre d'Adèle, les larmes et
le désespoir de la pauvre Enize
firent une telle impression sur la
supérieure, qu'elle refusa d'abord
à Danicourt de la lui livrer, écrivit
de suite à M. Mison pour lui témoi-
gner combien la mission de ce jeune
homme lui paraissait indiscrète et
inconvenante, le pria de ne point

oublier qu'il était père, et lui représenta avec courage les suites funestes que pourrait entraîner cet
excès de confiance, s'il ne se rendait
promptement auprès de sa fille.

Cette lettre eut son effet ; le père
touché des raisons de la supérieure,
fut surpris de son imprudence, se
la reprocha vivement et partit aussitôt : mais le perfide Danicourt
tenait déjà sa proie. Muni de l'ordre
formel de M. Nison, il arracha sa
victime d'un asile qui lui était
devenu si cher depuis l'arrivée de
ce monstre, et la pauvre Enize
n'emporta pour toutes consolations
que les vains et steriles regrets de
ces bonnes religieuses.

Danicourt avait un vieux château à trois lieues de là ; bâti sur

un

un rocher escarpé, au milieu de la solitude d'une vaste forêt, sa situation sauvage répondait parfaitement au caractère féroce de celui qui en était le propriétaire : c'était là qu'il se rendait de temps en temps pour célébrer ses orgies ; et c'est là qu'il emmena la malheureuse Enize, au lieu du couvent qu'on lui destinait. Il se croyait si bien en sûreté dans ces lieux déserts, et il était si préocupé de sa passion, que la prudence ne lui suggéra pas même jusqu'aux moindres précautions.

Cependant l'homme de confiance qu'Adèle avait chargé de veiller sur les destinées de son amie, ne doutant plus des intentions criminelles de Danicourt, se hâte d'en instruire la supérieure ; tout le cou-

vent est dans l'alarme et la consterna-
tion, lorsque le père d'Enize arrive.
Immobile d'étonnement, son cœur
franc et loyal ne peut croire à tant
de perfidie, à un tel forfait ; et il
serait de suite parti seul pour le château, si on ne lui eût fait craindre
qu'il y avait du danger à s'y rendre
sans une forte escorte. Hélas ! cette
précaution n'aura prolongé les jours
de cette infortunée que pour mieux
aggraver ses maux.

Danicourt trop orgueilleux et trop
brutal pour employer long-temps
les moyens de la persuation , se
porta bientôt aux derniers excès.
Ni les larmes ni les prières de la
suppliante Enize ne purent émou-
voir ce tyran farouche. Il souriait
aux cris et aux vaines menaces de sa

victime; et joignant l'insulte à la violence, il lui dit, du ton du mépris, qu'il ne lui convenait point de faire la difficile. Las enfin et indigné de la résistance courageuse qu'opposait la vertueuse Enize, ce monstre commande à deux satellites qu'il avait avec lui, de la dépouiller de tous ses vêtemens. Enize, en se débattant, aperçoit un couteau sur la table, et le saisit avidement : infâme bourreau, dit-elle avec cette fierté qu'inspire la vertu outragée, tu ne jouiras de ton crime qu'après ma mort... Déjà elle dirigeait le couteau homicide sur son sein, lorsqu'elle sent tout à coup son bras retenu... Enize se voit dans les bras de son père, et perd connaissance.

M. Mison ayant entendu dès l'entrée du château les cris plaintifs de sa fille, était entré précipitamment suivi de son escorte, avec d'autant plus de facilité que ces infâmes scélérats n'avaient pris aucune précaution. Les deux complices de Danicourt furent aussitôt arrêtés, mais ce traître eut le bonheur de s'échapper par une porte secrette.

Il n'y eut pas de soins que ce malheureux père ne prodiguât à sa fille, et il ne cessait de se reprocher sa cruelle situation. Enize un peu revenue ne pouvait encore parler, mais elle baisait affectueusement la main de M. Mison qu'elle serrait dans la sienne. « O ma chère Enize, ma fille bien aimée, lui dit ce tendre père, tu me pardonnes, tu m'aimes toujours ! je t'ai causé bien du mal, sans le vouloir sans doute ; mais je te promets de faire tout ce qui dépendra de moi pour te rendre heureuse , et dès ce moment je te laisse l'entière liberté de te choisir l'époux que ton cœur préfère. — Ah ! mon père , mon bon père , s'écria vivement Enize en se jetant à ses genoux, depuis long-temps mon choix est fait : je bénirai les maux que j'ai soufferts, si j'obtiens Florimène à ce prix. — Oui, ma fille tu auras Florimène, et j'applaudis à ton choix. » ... Que les étreintes de la nature sont douces et touchantes ! Le père et la fille mêlaient leurs larmes , et les spectateurs en versaient d'attendrissment.

Lorsqu'Enize put supporter la

. . .

voiture, on reprit le chemin de la maison paternelle. Le premier soin de cette tendre amante, après avoir embrassé et remercié mille fois sa chère Adèle, fut d'écrire deux mots à Florimène. « O mon ami, lui dit — elle, j'ai éprouvé de grands malheurs en ton absence; mais ils me sont bien doux, puisqu'ils ont amené l'heureux moment que nous desirions avec tant d'ardeur. Oui, mon cher Florimène, je puis aujourd'hui t'aimer librement, te le dire; mon père consent à notre union. Le dépôt précieux que je porte n'aura plus à rougir de voir le jour. Viens au plutôt, mon ami, viens partager mon ivresse. Je t'apprendrai les détails d'un évènement horrible, mais à qui nous devons la félicité dont nous allons jouir ».

Cependant, la renommée, ce monstre aux cent trompettes, répandait déjà au P... du C... le bruit de cette aventure. Mérini, qui depuis long-temps cherchait à faire suspecter la fidélité d'Enize à son maître, pour brouiller ces deux amans, fit dire par-tout qu'elle avait été enlevée d'accord avec Danicourt; que déjà elle était beaucoup réfroidie envers son premier amant, lorsqu'une mésintelligence survenue entre son père et Danicourt, l'avait, par un esprit de contradiction assez naturel aux femmes, décidée en faveur de ce dernier; que celui-ci pour se venger du père et des premières rigueurs de la fille, avait habilement profité de l'occasion , et l'avait ensuite abandonnée après avoir obtenu ce qu'il desirait. Mérini , pour mieux confirmer ces bruits infâmes dans l'esprit de son maître , lui dit qu'effectivement on venait de l'écrire ainsi à un de ses amis au P... du C..., et que Florimène pourrait voir la lettre lui-même , s'il le desirait.

Il en faut bien moins pour devenir jaloux quand on aime vivement, et cette cruelle maladie le plus grand fléau de l'amour, nous ravit jusqu'aux moindres réflexions qui pourraient nous désabuser , en même-temps qu'elle remplit notre imagination de mille fantômes qui, semblables au vautour de Prométhée nous déchirent le cœur en l'enflammant sans cesse. Qu'on juge

de la situation de l'ardent Florimène, lorsque cette funeste nouvelle lui parvint! Il se crut environné
d'épaisses ténébres, et son premier
mouvement fut de s'arracher une
vie qu'il ne pouvait plus supporter ;
mais réfléchissant bientôt que ce
serait donner un nouveau triomphe
à l'ingrate, il préféra souffrir, par
un sentiment de fierté, et se disposa
à traîner son ennui chez l'étranger,
jusqu'à ce que le temps cicatrisât sa
blessure, s'il était possible.

Telle était la situation de Florimène lorsqu'il reçut la lettre d'E-
nize. O la plus fourbe et la plus
perfide des femmes, s'écria-t-il,
après l'avoir lue! peut-on jouer
le sentiment avec tant d'hypocrisie ?
« Madame, lui répondit-il, dans

son délire, je suis fâché de l'évènement dont vous vous plaignez, et
plus fâché encore que vous m'ayez
cru disposé à réparer les torts de
Danicourt. Adieu, madame ! »

Insensé Florimène ! comment
osas-tu écrire une telle lettre, une
lettre si positive, si injurieuse, sur
de simples apparences, sur les rap-
ports d'un public toujours enclin
à la calomnie. Tu ne pouvais que
soupçonner le crime d'Enize, tu
n'en avais nulle conviction ; et
cependant tu lui envoies le poignard
homicide. Imprudent ! ton amour
même ne peut t'excuser.

Cette infortunée s'enivrait déjà
du plaisir de voir bientôt Florimène
à ses genoux. Illusions trompeuses !
Elle reçoit la fatale lettre, la par-

court... elle croit se tromper... elle
la relit encore..... Adèle la voit
pâlir, s'approche toute tremblante;
Adèle peut à peine la soutenir dans
ses bras. Ses yeux se fixent, les
larmes, les tristes larmes ne peuvent
pas même venir à son secours;
l'excès de sa douleur en ferme le
passage : son corps devenu froid
et immobile, ne paraît plus qu'un
tronc inanimé. Bientôt un frisson
général dans tous ses membres, an-
nonce la violence de sa douleur; ses
yeux s'entrouvent et se referment de
suite, comme s'ils ne pouvaient plus
supporter la lumière. On l'emporte
sur son lit, on lui prodigue mille
soins. Ses regards distinguent enfin
son père, son Adèle et tous ses amis
fondant en larmes. Ah! ce tableau,

sans doute, ne fit qu'ajouter à sa douleur. Elle ne peut encore leur parler ; mais sa main droite collée fortement sur son cœur, semblait leur dire : ô mes amis, mon mal est là ; que je souffre ! Adèle, la bonne et sensible Adèle, que ses sanglots étouffaient, s'arrache pendant quelques minutes à ce spectacle déchirant, pour venger son amie et soulager son cœur.

« O le plus fourbe et le plus méchant des hommes, monstre mille fois plus cruel que Danicourt! écrivit-elle à Florimène, que t'avait fait ton innocente victime pour l'immoler avec un raffinement si barbare? Elle a tout sacrifié pour toi, ingrat, et tu as voulu lui ravir l'honneur avec la vie. Viens, perfide,

fide, viens la contempler sur son lit de mort; ce spectacle est encore digne d'un tigre comme toi. » ADÈLE.

Il ne manquait plus que cette lettre au malheureux Florimène pour l'accabler tout à fait. Le traître Mérini, qui avait reçu à la suite d'une orgie, la juste punition de ses crimes, venait de tout avouer à son maître, avant de mourir. Florimène partait pour aller se jeter aux genoux de la vertueuse Enize, quand il reçut cette lettre d'Adèle. Dieux! s'écria-t-il, il ne sera peut-être plus temps! Perfide Mérini!... infâme Danicourt! Enize sera vengée. Et il se jette à cheval.

Quel tableau pour Florimène! toute une famille dans la désolation; un vieillard respectable ren-

versé sur un fauteuil auprès du lit ;
fondant en larmes et demandant
sa fille ou la mort ; Adèle baignant
le chevet de son amie, tenant sa
main dans la sienne, et, les yeux
fixés sur les siens, les invitant à
se ranimer aux doux noms de l'a-
mitié et de la nature ; Enize, la
figure enflammée, l'œil égaré, dans
un délire convulsif, prononçant
avec horreur les noms de Florimène
et de Danicourt. Cet affreux spectacle déchire le cœur de Florimène;
son ame en est brisée ; ses facultés
anéanties : il reste quelque temps
immobile. Recueillant enfin le peu
de forces qui lui restent, il se traîne
au pied du lit de sa maîtresse, lui
demande pardon, s'arrache les che-
veux. Soins inutiles, hélas ! repentir

trop tardif! Enize ne le reconnût pas. Elle se jette dans le sein de son Adèle... le voilà, mon amie, ... c'est lui... il veut me déshonorer... il me menace... je suis entourée d'assassins... où me cacher... Florimène, Florimène... où es-tu pour me sauver de leur rage?... pourquoi m'abandonnes-tu entre les mains de mes bourreaux. — Mon Enize, ton Florimène est à tes pieds, il ne t'abandonnera plus... mon amie, mon épouse, ne reconnais-tu plus ton amant? il a été cruellement trompé. Nous avons été tous les deux victimes de la plus noire trahison. Mais sois sûre que Florimène ne survivra pas à la plus tendre et à la plus vertueuse des femmes, à sa chère Enize...

Enize parut écouter un instant et reconnaître ce son de voix; mais elle reprit bientôt : L'ingrat Florimène !... le perfide !..., qui l'eût cru ! Et reportant la main sur son cœur, cruel ! que tu me fais de mal.... O Dieu ! que les tourmens de l'amour sont horribles !

Enize déjà affaiblie par la naissance précoce du malheureux fruit de ses amours, ne put resister long-temps à cet état convulsif ; elle mourut avant la fin du jour dans les bras de sa triste amie, et n'eut pas même le bonheur d'emporter avec elle la consolante idée que son amant avait reconnu son innocence. Florimène éperdu se jette sur ce corps déjà inanimé; il veut y respirer la mort ou lui rendre

la vie. On l'arrache de cette terrible
situation. Il fait quelques pas pré-
cipités dans la chambre, se reporte
vers le lit funeste : « Elle est morte,
s'écrie - t - il ! eh bien ! nous n'au-
rons qu'un même tombeau ! »

Il tombe à côté du cadavre de son
amante, un poignard dans le cœur ;
le sang coule à grands flots ; il expire.

Ainsi donc l'orgueil et l'horrible
droit du plus fort portèrent le deuil
et la désolation dans ce petit canton,
le desespoir et la mort dans deux
familles. Puissent les ames de ces
malheureux amans s'être réunies
dans le sein du grand être, dernier
azile de l'innocence opprimée !

Adèle les regreta vivement tous
les deux, mais elle fut inconso-
lable de la perte de son amie. Le

père d'Enize ne traîna plus que des jours d'amertume , et succomba enfin sous le poids de ses douleurs. Le traître Danicourt évita par la fuite la rigueur des lois : enveloppé quelques années après dans le tourbillon révolutionnaire, il fut frappé du glaive homicide ; mais pouvait - on regarder sa mort comme un acte de la justice divine, lorsque son sang se trouvait confondu avec celui de tant d'innocentes victimes.

F I N.

De l'Imprimerie de CONORT , rue de la Harpe, en face de celle Poupée.

www.ingramcontent.com/pod-product-compliance
Lightning Source LLC
Chambersburg PA
CBHW070910030726
47504CB00005B/1525